WILDE GESCHICHTEN

IMPRESSUM

Autor: Yusuf M. Çavak

Adresse: D-79353 Bahlingen

www.cavak.com

Verlag: BoD · Books on Demand GmbH,
In de Tarpen 42, 22848 Norderstedt, bod@bod.de

Druck: Libri Plureos GmbH, Friedensallee 273,
22763 Hamburg

ISBN: 978-3-7693-1537-0

Copyright: © 2025 Yusuf M. Çavak

Zeichnungen: KI generiert mit Flux-1

Bibliografische Information:
Die Deutsche Nationalbibliothek verzeichnet diese Publikation in
der Deutschen Nationalbibliografie; detaillierte bibliografische
Daten sind im Internet über dnb.dnb.de abrufbar.

Wilde Geschichten

Siebzehn fast unmögliche Storys über Gott und die Welt

Yusuf M. Çavak

Inhalt

VORWORT

Eine Warnung an die Vernunft!!!

Liebe Leserin, lieber Leser,

bevor du dieses Buch aufschlägst, ein kleiner Hinweis:

Hier drin hält sich die Realität nicht an ihre eigenen Regeln.

Logik macht gelegentlich Pause, Zufälle nehmen das Steuer in die Hand, und was gestern noch unmöglich schien, könnte heute schon Alltag sein.

Seit Jahrhunderten glauben die Menschen an biblische, mystische oder einfach nur verrückte Geschichten, die sich jeder Erklärung entziehen.

Manche lachen darüber, andere schwören auf sie.
Aber was, wenn das Unmögliche einfach nur eine Frage der Perspektive ist?

Wilde Geschichten spielt mit dieser Idee.

Es nimmt alte Erzähltraditionen, gibt ihnen einen modernen Anstrich und schickt sie auf eine absurde Reise durch das Hier und Jetzt.

Lass dich überraschen – oder noch besser:
Sei auf nichts gefasst.

Viel Vergnügen beim Staunen,

Schmunzeln und Kopfschütteln!

Yusuf M. Çavak

WILDE GESCHICHTEN

PARADIES

Adam war gerade in Berlin angekommen, bereit, Biotechnologie zu studieren und die Welt zu verändern. Doch zuerst musste er Berlin kennenlernen. In Kreuzberg, wo er wohnte, hatte er wenig Kontakt zu den Nachbarn, es sei denn, er sprach Türkisch. Die Leute waren sehr freundlich und zuvorkommend, aber Adam sehnte sich nach einem guten Gespräch über Gott und die Welt – idealerweise in einer gemütlichen Bar.

Um die Ecke, in der Kicker-Kneipe, wo Tischfußball regierte, trank er sein Bier und schaute zu, wie die Leute wild an den Tischen spielten. Plötzlich verabschiedete sich einer der Spieler, und eine Frau schaute ihn an: „Hey, wir brauchen einen vierten Mann!" Adam zögerte: „Eh... ich habe früher mal gespielt, aber jetzt..." „Kein Problem, komm her! Nimm du die beiden hinteren Spieler, ich mache das vorne schon." Wow, die war gut. Adam gab sein Bestes, um mithalten zu können, fühlte sich aber oft wie ein lahmer Tischfußballspieler.

Nach etwa fünf Spielen verabschiedeten sich seine neuen Freunde. „Eva, nett dich kennengelernt zu haben."

„Adam, ebenfalls nett dich kennengelernt zu haben. Bist du öfter hier?" „Hier nicht so oft, aber samstagabends bin ich in der Disco Paradies in der Stadt. Ich würde mich freuen, wenn du kommst."

Adam zählte die Tage, als wären sie in Zeitlupe. Frisch geduscht und cool gekleidet machte er sich auf den Weg. Natürlich ging er etwas später los, um nicht zu wirken, als wäre er nur wegen Eva dort. Disco Paradise war gigantisch – ein Tempel der Party auf drei Etagen mit Bars und Spielecken. Als Adam die Treppe herunterkam, sah er Eva auf der Tanzfläche, ihre blonden Haare leuchteten wie ein Heiligenschein. Sie hatte ihn bereits gesehen und winkte. Was für eine Kondition sie hatte! Über eine Stunde tanzten sie durch. Adam keuchte, pitschnass geschwitzt: „Hast du Lust auf einen Drink?" „Ja, gerne," sagte sie.

In der gemütlichen Cocktail-Bar bestellte Adam einen „Sex on the Beach". Keine Ahnung warum, aber es klang cool. Eva wählte einen „Cocktail Eden", mit vielen Früchten und einem ordentlichen Schuss Cachaça.
Die beiden verstanden sich blendend, und Adam konnte nicht anders, als sie irgendwann zu küssen.

Für ihn war das hier das Paradies. In einer Stadt wie Berlin, die ihm noch fremd war, lernte er die schönste Frau kennen und das sogar im „Paradies".

Sie wollten wieder tanzen gehen, da griff Eva in den Obstkorb, in dem die Früchte für die Cocktails lagen. Sie nahm den schönsten Apfel, knallrot und glänzend, und biss hinein.

Der Barkeeper schrie: „Hey, das geht überhaupt nicht! Du kannst nicht einfach reingreifen!"
Eva, trotzig: „Was ist dabei, wenn ich mir nur einen Apfel stibitze?" Der Barkeeper verstand keinen Spaß.
Die Security war schneller da, als Adam und Eva lieb war. Adam wollte es bezahlen, aber Eva war wütend, wegen eines Apfels so viel Stress zu machen. Die Security verstand wirklich keinen Spaß und geleitete die beiden aus dem Paradies.

Da standen sie nun vor dem Paradies, und es war klar, dass sie nie mehr hereingelassen werden.

Heute durfte Adam bei Eva übernachten....
und dafür würde er nicht das Paradies eintauschen.

MOSES N´ROSES

Moses Müller ist ein gewöhnlicher Schwimmlehrer, mittlerweile aber im Ruhestand und genießt seine wohlverdiente Ruhe. Er lebt in der kleinen deutschen Stadt Denzlingen.
Doch sein ruhiges Leben nimmt eine unerwartete Wendung, als er eines Tages für einen kranken Bademeister in der örtlichen Schwimmhalle einspringen muss.

Gerade hört Moses noch genüsslich Guns N' Roses auf Vinyl. Vorsichtig nimmt er die Platte vom Plattenspieler, seufzt tief und macht sich auf den Weg ins Schwimmbad.

Doch was ihn dort erwartet, übersteigt seine Vorstellungskraft: Chaos pur. Kinder springen kreischend vom Beckenrand, Senioren drängen sich beim Wassergymnastik-Kurs, und ein paar Jugendliche drehen laut Musik auf, während sie unentwegt ihre „TikTok"-Videos filmen.

Moses, der längst nicht mehr die laute Stimme seiner aktiven Bademeisterzeit hat, versucht vergeblich, die Menge zu beruhigen.

Keiner hört auf ihn.

In seiner Verzweiflung greift Moses zu einem alten Besen, der seit Jahren unbeachtet in einer Ecke des Schwimmbads steht. Er schlägt mit voller Wucht aufs Wasser und brüllt: „RUHE JETZT!"

Und dann passiert es: Ein Wunder. Das Wasser im Schwimmbecken teilt sich wie von Geisterhand. Links und rechts ragen riesige Wände aus Wasser empor, und in der Mitte entsteht ein trockener Korridor – perfekt, um die tobenden Kinder und die verwirrten Senioren zu trennen. Allerdings reicht die geteilte Wassersäule bis zur Decke und ist völlig ungesichert.

Die Reaktionen der Anwesenden sind gemischt. „Wooooah! Cooler Trick, Moses!" rufen die Kinder begeistert.
Die Senioren dagegen sind skeptisch und murmeln etwas von zu viel Klosterfrau Melissengeist.

Andere suchen nach versteckten Kameras und fragen sich, ob die Ehrlich Brothers irgendwo in der Nähe sind.

Ein Mädchen zückt ihr Handy und filmt das Spektakel. „Das geht viral!" ruft sie und postet das Video unter dem Hashtag #MagicMoses. Innerhalb von Minuten verbreitet es sich im Netz.

Moses selbst ist völlig fassungslos, doch er nutzt die Gelegenheit, um die Regeln des Schwimmbads durchzusetzen. Kaum hat er sich gefasst, taucht sein Chef auf. Doch anstatt ihn zu loben, schimpft der: „Das kostet uns ein Vermögen! Das Wasser läuft schon aus dem Dach hinaus!"

Das Chaos nimmt eine noch absurdere Wendung, als ein Delfin aus dem Zirkus „Circolo Cincolino", der sein Zelt auf dem Parkplatz einer alten Gaststätte auf dem Mauracher Berg aufgeschlagen hat, in die Schwimmhalle hüpft.
Der Delfin springt durch den mystischen Wasser-Korridor und sorgt für Begeisterung bei den Zuschauern.

Ein Reporter der Lokalzeitung „Von Haus zu Haus"
ist zufällig vor Ort und krönt Moses zum „Meister
der Wasser-Kräfte".

Die Bilder und Videos des geteilten
Schwimmbeckens gehen in den sozialen Medien
viral. Bald steht halb Deutschland vor der
Schwimmhalle, um den mysteriösen „Magic Moses"
in Aktion zu sehen.

Die Aufmerksamkeit wird so groß, dass schließlich
die Ehrlich Brothers selbst auftauchen. Beeindruckt
von Moses' scheinbar magischen Fähigkeiten, bieten
sie ihm einen Millionenvertrag an, um mit ihnen auf
Tour zu gehen.

„Stellen Sie sich vor", schwärmen sie, „die große
Moses-Show: ‚Der Herr der Wasserfluten' live auf
der Bühne!"

Doch Moses lehnt dankend ab. „Ich bin kein
Zauberer", sagt er bescheiden.

„Ich bin nur ein alter Schwimmlehrer."

Am Ende bleibt Moses sich treu.

Er kehrt in sein ruhiges Leben zurück und nutzt seine außergewöhnliche Gabe nur noch, um den Senioren die Wassergymnastik zu erleichtern, indem er das Wasser alle zehn Minuten teilt und ihnen so eine kleine Pause gönnt.

Die Ehrlich Brothers ziehen enttäuscht, aber respektvoll von dannen.

Und Moses?

Er lächelt zufrieden, legt wieder seine Guns N' Roses-Platte auf und genießt die Stille.

KRISHNA, KRISHNA, HOLY KRISHNA

In der kleinen, lebhaften Stadt Shivapur, die sich malerisch am Fuße der Berge erstreckt, lebt Krishna Patel, ein Junge, der in vielerlei Hinsicht außergewöhnlich ist. Tagsüber ist er ein begabter Programmierer, bekannt für seine schlitzohrigen Hacks in Online-Games, doch abends wird er zum örtlichen Wunderkind. Ob er seine Freunde mühelos im Armdrücken besiegt oder eine schwere Getränkekiste schultert, Krishna scheint übermenschliche Kräfte zu besitzen.

Die Stadtbewohner schätzen seine Fähigkeiten, aber eines schicksalhaften Tages wird Shivapur von einem apokalyptischen Unwetter heimgesucht. Regen prasselt in Strömen, Blitze durchzucken den Himmel, und ohrenbetäubender Donner lässt die Häuser erzittern.
Der Wetterdienst spricht vom „Sturm des Jahrhunderts".
Panik macht sich breit. Straßen verwandeln sich in reißende Flüsse, Häuser stehen bis zu den Fenstern im Wasser, und zur absoluten Katastrophe stellt der örtliche Lieferservice die Auslieferung von Samosas ein.
Doch was die Bewohner wirklich in Rage versetzt, ist der totale Internetausfall. Ohne WLAN liegt die Stadt lahm.

In ihrer Verzweiflung stürmen die Bewohner zu Krishna: „Krishna! Tu etwas! Wir werden untergehen!" Krishna blickt von seinem halb ausgetrunkenen Mango-Lassi auf, zieht eine Augenbraue hoch und sagt gelassen: „Na, wenn das mal nicht Indra war."

Er erklärt den Versammelten, dass Indra, der Gott des Regens, für das Unwetter verantwortlich sei. Grund dafür sei die Entscheidung der Stadtbewohner, beim Erntedankfest nicht Indra, sondern Krishna selbst zu ehren. Krishna hatte argumentiert, dass es nicht der Regen sei, der die Menschen ernährt, sondern die Erde, die ihre Früchte trägt.

Doch Indra fühlte sich gekränkt und beschloss, den Menschen zu zeigen, wie wichtig er ist.

Während alle weiterhin in Panik gerieten, zuckte Krishna nur mit den Schultern. Er stand auf, ließ seinen Lassi-Becher in den Mülleimer fliegen und sagte: „Keine Sorge, Leute. Ich habe einen Plan." Er führte die Menschen zum nahegelegenen Govardhan-Hügel, einem beliebten Ausflugsziel der Region.

Die Bewohner folgten ihm widerwillig, skeptisch, was der Junge ausrichten könnte. „Was willst du tun, Krishna?
Uns hier ertrinken lassen?" rief einer aus der Menge.

Krishna grinste nur, rollte seine Ärmel hoch und streckte seinen kleinen Finger aus. Mit einer unglaublichen Leichtigkeit hob er den gesamten Hügel in die Luft, als wäre er ein Blatt Papier. „So, Leute, alle drunter! Hier bleibt es trocken." Die Dorfbewohner trauten ihren Augen nicht, doch sie zögerten keine Sekunde und strömten unter den schützenden Hügel.

Unten wurde es erstaunlich schnell gemütlich. Eine Familie eröffnete ein improvisiertes Curry-Restaurant, das die besten Aromen der Stadt unter einen Baum zauberte. Kinder spielten Verstecken zwischen den Felsen und Wurzeln. Einer der Dorfbewohner schleppte sogar seinen Fernseher herbei, und bald sahen sie Bollywood-Klassiker unter dem Hügel, mit besserem Empfang als zuvor zu Hause. Währenddessen stand Krishna lässig wie ein Sonnenschirm, den kleinen Finger weiterhin am Berg, und schaute dem bunten Treiben zu.

„Krishna, wirst du nicht müde?" fragte ein älterer Mann besorgt. Krishna schüttelte den Kopf und zwinkerte: „Ach, das ist leichter als das Tragen von Einkäufen für meine Mutter."

In den Wolken beobachtete Indra das Spektakel und kochte vor Wut. „Dieser Junge hebt einfach einen ganzen Berg? Das ist doch Wahnsinn!"

Er versuchte, den Sturm zu verstärken, doch selbst die stärksten Böen brachten Krishna nicht aus dem Gleichgewicht. Schließlich erkannte Indra, dass er diesen Kampf verloren hatte.

Als Zeichen der Versöhnung schickte er einen leuchtenden Regenbogen über den Hügel und ließ den Sturm nachlassen. Die Dorfbewohner jubelten, als Krishna den Hügel wieder sanft auf seinen Platz absenkte. „Krishna, du bist unser Held!" riefen sie.

Krishna winkte ab und grinste: „Alles klar, Leute. Aber fürs nächste Mal: Vergesst nicht, auch die Erde zu ehren und mir eine doppelte Portion Samosas zu schicken."

So wurde Krishna zum Helden von Shivapur, und seine Geschichte verbreitete sich weit über die Berge hinaus, ein moderner Junge mit göttlichen Kräften, der einem antiken Mythos neues Leben einhauchte.

PHÄNOMENE

Im Gaza, wo die Menschen wie Schafe von einer Ecke in die andere getrieben wurden, litten viele an Hunger.

Die benötigten Rationen waren einfach nicht verfügbar für die vielen, die dort ausharrten. Die Menschen hungerten, und die Besatzer, die in der Vergangenheit selbst Holocaust und Vertreibungen erlebt hatten, waren jetzt genauso gnadenlos wie ihre früheren Peiniger.

Da standen sie nun in der zerbombten Stadt, ohne irgendetwas. Die Kinder weinten, hatten Hunger, und die Erwachsenen waren verzweifelt.

Man hätte diese Lage teilweise selbst verschuldet, aber was konnten die Kinder und die Frauen dafür? Das ist natürlich eine andere Geschichte über Hass und Dummheit.

Jedenfalls standen die Menschen da und erinnerten sich an die alten Sagen und wünschten sich nichts sehnlicher, als einfach satt zu sein bzw. ihre Kinder satt zu bekommen.

Die Menschen versammelten sich am Strand, und es kamen immer mehr in der Hoffnung, dass ihre Gebete erhört werden. Sie hatten nur noch 5 Brote und 2 Fische.

Das war alles für so viele Menschen. Es kamen aber immer mehr dazu, weil die Menschen dachten, da muss etwas sein, wenn sich so viele am Strand versammelten.

Auf einmal tobte der Himmel. Vom Meer her kamen dunkle Wolken, als würde sich ein seltenes Phänomen anbahnen.
Die Menschen glaubten fest daran, dass jetzt etwas geschehen wird, das ihre Vorstellungskraft übersteigen würde.
Darum hatten sie keine Angst und schauten zu.
Es handelte sich um eine besondere Form von Wirbelsturm, der sich über dem Mittelmeer gebildet hatte. Diese Wirbelstürme sind hier eigentlich nicht stark genug, um nicht nur das Wasser aus dem Gewässer in den Himmel zu tragen, sondern auch kleine Lebewesen wie Frösche, Krebse oder eben auch Fische.
Dass Fisch vom Himmel fällt, hatten alle mal gehört, wenn eine Wasserhose sich bildete.

In der Karibik sind solche Wirbelstürme stark genug, um nicht nur das Wasser aus dem Gewässer in den Himmel zu tragen, sondern auch kleine Lebewesen wie Frösche, Mäuse, Katzen – oder eben auch Fische. Sobald der Sturm an Kraft verliert, regnen die Tiere herab. Jetzt aber passierte ein Wetterphänomen, dass der „Regen" etappenweise kam.

22

Erst fiel ein Fisch herab, dann lange nichts, dann ein ganzer Thunfisch. Der hätte beinahe den Imam getroffen, der gerade kniete. So wuchtig ging es runter – Wumms.

Nach dieser Logik könnte es im Extremfall also erst Hunde, dann Katzen regnen.
Doch die Menschen hatten Glück und ihre Gebete wurden erhört, sagte der Imam.
Es regnete nur Fische, wie in den alten biblischen Geschichten erzählt wurde, bestätigte ein christlicher Priester.
Leider reichten die 5 Brote nicht für das große Fischessen.
Die Tagesgespräche drehten sich darum, wie man das Brot vermehren könne.

Als die Soldaten kamen, um die Massen auseinanderzutreiben, fielen viele glitschige Quallen auf sie.

Das war eben die letzte Etappe des Fischregens.

Wunder geschehen, wenn man es nicht erwartet.

GECEKONDU

(Türkisch: Über Nacht Aufgestellt,) – IKEA Idee

Wenn die Erde in sieben Tagen entstanden ist, dann kann ich ja so eine Hütte in einer Nacht stemmen, sagte sich Ali, und Fatima stimmte zu.

Denn es gab einen alten Erlass aus der Zeit der Sultane: Wenn man einen Platz in Istanbul fand, der niemandem gehörte, konnte man über Nacht ein Haus bauen, so wie bei den Goldgräbern, quasi sein Claim abstecken.

Mit dem Erlass wollte der Sultan viele Menschen in die Städte und sein Land locken. Er dachte sich, wenn Menschen unbemerkt in einer Nacht ein Haus aufstellen konnten, dann waren sie gute Handwerker oder gute Soldaten.

So kamen immer mehr talentierte und geschickte Menschen, die sich über Nacht ein Haus bauten.
Natürlich sahen nicht alle gut aus – eher wie in den Slums oder Favelas in ärmeren Ländern. Solche Hütten wurden nicht geduldet und schnell wieder entfernt.

Es musste schon ein stabiles Haus sein, das man nicht so einfach zusammentreten konnte.

Ali und Fatima hatten sich lange bis ins kleinste Detail alles überlegt, und jetzt war es soweit.

Es gab ein Problem bei der Planung.

Fatima wollte ein Wohnzimmer, Schlafzimmer und eine Küche haben. Wenn möglich, noch einen Flur mit Garderobe.

Ali wollte auch gerne einen kleinen Garten umzäunen, damit er dort Gemüse anbauen konnte. Also musste alles sehr gut geplant werden.

Er machte einen Plan und wählte die längste Nacht aus: von 17 bis 7 Uhr morgens, das waren 14 Stunden.

Er dachte an die Schöpfungsgeschichte und ging ähnlich vor. Sie hatten schon vieles vorbereitet. Es durfte nicht viel gehämmert und geschraubt werden, da dies Zeit verschlingen würde und die Wächter es mitbekommen könnten.

Aus diesem Grunde wurde ein IKEA-System erdacht: „Ich Kann Einfach Alles" und „Ideen Klar Effizient Anpacken" war die Devise.

Klar, die ganze Familie und viele Freunde halfen mit, aber die Bauteile mussten sehr gut vorbereitet sein, in einem Stecksystem.

Die Zeiteinteilung musste genau eingehalten werden: sieben Stunden für den Aufbau des Hauses, die restlichen sieben Stunden für das Einräumen der Möbel und des Inventars. Morgens sollte es so aussehen, als ob das Haus schon immer dort gestanden hätte.

Die Bauteile wurden vorher nach dem IKEA-Prinzip in einem Waldstück vorbereitet und gut versteckt.
Zugegeben, die Werkzeuge des IKEA-Systems waren primitiv und versagten oft, erfüllten am Ende aber doch die Aufgaben.
Die Schöpfungshistorie des Eigenheims ging folgendermaßen:

1. Erste Stunde: Die Bauteile kamen an.

2. Zweite Stunde: Die Holzpfeiler wurden aufgestellt und in Wasser gestellt.

3. Dritte Stunde: Die Wände wurden zusammengesteckt und verkeilt.

4. Vierte Stunde: Der Dachaufbau begann. Es passte nicht alles, aber mit geballter Kraft wurde es passend gemacht.

5. Fünfte Stunde: Die Innenwände wurden aufgebaut.

6. Sechste Stunde: Türen und Fenster wurden eingesetzt.

7. Siebte Stunde: Das Haus wurde mit Stroh bedeckt und der Zaun aufgerollt und aufgestellt.

Bis zur Morgendämmerung hatten sie noch etwa sieben Stunden Zeit. Jetzt wurden die Möbel, das Geschirr und die anderen Habseligkeiten ins Haus gebracht und alles eingeräumt.

Sie wurden sogar eher fertig als gedacht und saßen draußen und tranken etwas Erfrischendes, als die Nachtwache vorbeikam.

„Was macht ihr da so früh am Tag?", fragte einer der Wächter. „Die Leute schlafen noch, geht rein, bevor ihr die braven Menschen aufweckt.

Die müssen nachher noch arbeiten."

„Ja, Herr Oberwachmeister, wir gehen rein.

Es war so eine schöne Nacht und wir wollten die Sterne sehen, darum saßen wir draußen."

Ali und Fatima gingen hinein. Sie hatten endlich das Dach über dem Kopf, das sie sich so sehr gewünscht hatten.

Gott erschuf die Erde in sieben Tagen.

Was waren sieben Stunden für ein kleines Häuschen dagegen?

Man hörte später, dass Nachfahren von Ali und Fatima nach Skandinavien ausgewandert sind und dort Fertigmöbel und Einrichtungen nach dem IKEA-Prinzip herstellten.

Sie sollen dadurch sehr reich geworden sein, denn in Skandinavien gab es viel Holz für ihre Holzsteckmöbel.

DER SURFER

Es war ein wunderschöner Tag in Prainha, im Süden von Brasilien. Niño hatte sein Brett gerade gewachst und freute sich auf den Wettkampf. Jedes Jahr kamen hier die Besten der Besten Surfer zusammen.

Zu den Rhythmen von Rage Against the Machine, Blink 182 und den Beach Boys mit "Surfin' USA" gingen die Surfer langsam ins Wasser, um in den Ozean hinauszuschwimmen. Heute waren die richtigen Wellen da, auch wenn es ab und zu Flauten gab. Niño schwamm sehr weit raus, um die beste Welle zu erwischen.

Endlich kam eine Riesenwelle. Niño sprang auf sein Brett und ritt sie hinunter. Plötzlich hörte er die Leute schreien: "Tubarão, Tubarão!" "Hai, Hai!" Hä? Ein Hai?

Von wegen ein Hai, es waren mindestens fünf!

Die Welle war stark, aber sie trieb ihn nicht Richtung Strand, sondern leicht hinaus. Er spürte, wie ein Hai schon fast am Brett war. "Oh Mann, ich bin verloren", dachte er und sah, wie der Hai, mindestens sechs Meter lang, mit offenem Maul auf ihn zukam.

Er erinnerte sich daran, dass Meeresforscher in Brasilien zum ersten Mal Kokain in Haien gefunden hatten.

Doch wie kam die Droge dorthin?

Die Ergebnisse waren einer Expertin zufolge unklar.

Aus diesem Grund waren die Haie inzwischen unberechenbar geworden.

Für Niño war klar: Jetzt geht es um Leben und Tod.

Er wusste gar nicht, was er machen sollte. Plötzlich ein dumpfes Geräusch, um ihn wurde es dunkel, und er knallte gegen etwas Weiches. Wo war er jetzt gelandet? Er hatte die ganze Zeit die Haie beobachtet und nicht richtig nach vorne geschaut.

Was war das im Wasser gewesen?

Auf einmal kam Licht in die Dunkelheit.

Ein Wal hatte ihn fast verschluckt!

Zum Glück war der Schlund des Buckelwals nur etwa so groß wie eine menschliche Faust. Fällt die Mahlzeit etwas größer aus, kann er sich auf einen Durchmesser von etwa 38 Zentimetern ausdehnen, aber da würde Niño nicht reinpassen.

Er musste jetzt irgendwie raus. Zum Glück hatte der Wal keine scharfen Zähne.

Anstelle von Zähnen haben Buckelwale ca. 540-790 sogenannte Barten, lamellenartig angeordnete, fransige Hornplatten im Oberkiefer, die zum Filtern von Nahrung dienen.

Wo ging der Wal jetzt hin? Wenn er ins offene Meer hinausschwimmt...

Im Maul hatte Niño genügend Platz, aber er steckte manchmal bis zum Hals im Wasser.

Plötzlich kam ein Luft stoß von hinten, und das ganze Wasser im Maul wurde wie ein Wasserfall hinausgespuckt.

Niño konnte gerade noch auf sein Surfbrett springen und wurde mit einem 360°-Dreh hinauskatapultiert.

Als er sich wieder orientierte, sah er den Strand etwa 50 Meter vor sich.

Er hatte so viel Speed und kam erst am weichen Sand des Strandes zum Stehen.

Alle klatschten – es war ein Wunder.

Der Buckelwal hatte ihn vor den Haien gerettet und sogar bis zum Strand gebracht und beschützt.

Es gibt einige religiöse Beobachtungen von Propheten wie Yunus oder die biblische Geschichte "Jona und der Wal", die von solchen Ereignissen berichten.

Niño wurde auch von einem Wal beschützt und sicher nach Hause gebracht.

Die Menschen am Strand sprachen nur noch von diesem Wunder und dem unglaublichen Glück, das er gehabt hatte.

In der „Surf Bar" liefen die Bilder ohne Unterbrechung, vor allem, wie er aus dem Maul hinauskatapultiert wurde.
War es eine sogenannte altruistische Verhaltensweise bei den Tieren? Mit Hilfe der jeweils gewählten Begriffsdefinition bzw. erdachten Interpretation kann man auch von einem Wunder sprechen.

Für Niño war es ganz klar:
Er hatte riesiges Glück.

KEIN SCHWEIN BLICK´S

Es war wieder Zeit für die jährliche Firmen-Sommerparty, und Angelo hatte seine berühmten, zarten Nackensteaks eingelegt.

Diese Steaks waren so bekannt, dass sich fast jeder darauf freute. Jeder brachte Salate, Kuchen und andere Leckereien für das Buffet mit. Doch für Ali und David kamen die Steaks nicht in Frage.

"Hey Angelo, wir essen doch kein Schweinefleisch," sagte David. "Ich bin Jude, Ali ist Muslim und Sherab ist Buddhist."

Angelo zuckte mit den Schultern. "Ja, in Deutschland ist Schweinefleisch nicht so teuer, darum wird es so oft gegessen."

David nickte. "Aber Vers 11.7 untersagt auch den Verzehr von Schweinefleisch für Christen: ‚Das Schwein, denn es hat wohl durchgespaltene Klauen, ist aber kein Wiederkäuer; darum soll es euch unrein sein.'

Auch in der christlichen Religion werden Tiere teilweise als unrein angesehen, sodass sie nicht verzehrt werden sollten. Oder täusche ich mich?"

Hans wandte sich an Judith, die Religionslehrerin. "Du bist doch die Expertin, stimmt das?" Judith lächelte.

"Ja, Jesus selbst hat als frommer Jude immer koscher gegessen, also auch kein Schweinefleisch.

Aber das Christentum hat sich im Laufe der Zeit in dieser Hinsicht sehr deutlich vom Judentum abgesetzt.

In Matthäus 15,11 sagt Jesus: ,Was zum Mund hineingeht, das macht den Menschen nicht unrein; sondern was aus dem Mund herauskommt, das macht den Menschen unrein.' Dieser Satz diente den Christen dazu, die jüdischen Speisevorschriften als nicht mehr bindend zu sehen."

Ali seufzte. "Zum Glück habe ich Börek mitgebracht, gefüllt mit Käse und Spinat. Das ist ein Gericht, das wir ohne Diskussionen gemeinsam verzehren können."

Hans lachte. "Es sei denn, wir wickeln es um das Fleisch, wie bei uns im Schwabenland als Maultaschen.

Dann nennen wir es ,Herrgott Bescheiserle' und es ist keine Sünde, oder?"

"Man sagt, der Herrgott kann in unsere Seelen blicken – bis in die dunkelsten Ecken und geheimsten Winkel.

Aber erklär mir mal einer, warum der Allmächtige in eine nackte Seele schauen kann, aber bei einer einfachen Maultasche mit ein bisschen Teig drumherum aufgibt?!"

Alle lachten und dachten: Der Rat, den Paulus gibt, lautet vor allem: Richte nicht über andere!

Das ist in jedem Fall ein guter Rat – auch, wenn es um den Verzehr von Schweinefleisch geht.

Sherab schüttelte den Kopf. "Die Christen finden immer einen Weg, Fleisch zu essen."

Hans grinste. "Nein, eher ein Bierchen zu trinken, während man grillt.

Es ist sowieso schwierig, auf einer Party etwas zu servieren, das jedem schmeckt.

Anna will nur Pute, die Mascha isst gerne Fisch.

Dann kann man den muslimischen Kollegen nur Lamm, Rind oder Wild servieren, es muss aber halal sein.

Hat man das alles gekauft, stellt man fest, dass die meisten Vegetarier sind. Deckt man einen Tisch für Vegetarier, dann stellt sich heraus, dass die Hälfte der Gäste Veganer sind."

Judith nickte. "Auch im Veganismus gibt es Unterschiede.

Frau Holz verzichtet auf alle tierischen Produkte als klassische Veganerin – und Herr Lotis und die ganze Familie sind Frutarier, die nur das essen, was die Natur von sich aus hergibt."

Hans fügte hinzu: "Und bei den Vegetariern wird es undurchsichtig.

Es gibt Ovo-Vegetarier, Lacto-Vegetarier, Ovo-Lacto-Vegetarier, Ovo-Lacto-Pisce-Vegetarier und Veganer."

Ali lachte.

"Und wie soll man da eine Betriebsfeier organisieren?

Da blickt doch kein Schwein durch...."

HEAVENS GATE

Herr Müller war im Grunde ein ordentlicher Mann. Er zahlte pünktlich seine Kirchensteuer, auch wenn der Kirchgang bei ihm nicht ganz so regelmäßig stattfand, wie es sich gehörte. Er war ehrlich, fleißig und – das betonte er gerne – seiner Frau treu.

Gut, *weitgehend* treu. Denn da war Zucky, seine Assistentin im Büro, und die brachte ihn doch hin und wieder ins Schwitzen.

Zucky, deren richtiger Name irgendwo zwischen „Sukanya" und „Supatra" lag, war eine kleine, charmante Thailänderin mit schwarzen Augen, die ihn jedes Mal durchdrangen, als hätte sie ihn gerade beim Schummeln in einem Gebet erwischt.

Ihre Bewegungen waren elegant, ihre Stimme sanft, und wenn sie ihm eine Frage stellte, während sie ihn von unten ansah, kam er sich vor wie ein Sünder in der Beichtstunde.

Aber Herr Müller war standhaft. Meistens.
Er wusste schließlich, was er an seiner Frau hatte.

Sie war die Mutter seiner drei Kinder, seine Vertraute, und – gut, die Jahre und die drei Schwangerschaften hatten an ihrer Figur gearbeitet, aber Liebe war doch mehr als Äußerlichkeiten.

Trotzdem ertappte er sich in letzter Zeit immer öfter dabei, wie Zucky in seinen Gedanken auftauchte – besonders in Momenten, in denen sie nichts zu suchen hatte.

Eines Abends, während Herr Müller sich redlich bemühte, seine ehelichen Pflichten zu erfüllen, wanderte sein Geist wieder ab. Zucky lächelte ihn an, ihre schwarzen Augen funkelten, und plötzlich …

„Sag mal, bist du überhaupt bei der Sache?" riss ihn die Stimme seiner Frau unsanft zurück in die Realität.

„Äh, ja klar!" stotterte er.

„Wirklich?" Sie hob eine Augenbraue und sah ihn prüfend an. „Du guckst mich ja nicht mal an.

Bin ich so hässlich?"

„Hä? Nein, Schatz!"

Herr Müller suchte fieberhaft nach einer Ausrede und griff schließlich nach dem erstbesten Strohhalm. „Es war einfach so schön mit dir, dass ich die Augen zugemacht habe, um dich noch besser zu spüren!"

Seine Frau schnaubte – und lachte dann. „Du bist ein schlechter Lügner, weißt du das?" Aber sie ließ das Thema fallen, und Herr Müller atmete erleichtert auf.

Neun Monate später stand er schweißgebadet im Krankenhaus und betrachtete das schreiende Ergebnis dieses Abends.

„Na, guck mal einer an," murmelte er, während seine Frau ihm müde zulächelte.

„Ich wusste gar nicht, dass ich so viel Fantasie hab."

Natürlich lebte Herr Müller ein streng religiöses Leben. Aber das Büroalltag war hart, und in der Geschäftswelt waren die Regeln nun mal anders als im Sonntagsgottesdienst.

Besonders, wenn Zucky mit einem Lächeln hereinkam und ihn fragte, ob er noch etwas brauche.

Herr Müller fragte sich manchmal, ob er auf dem Weg in den Himmel wohl auf eine Warteliste gesetzt würde.

Aber eines wusste er sicher: Wenn, dann war er in guter Gesellschaft.

Herr Müller war ein Mann der Prinzipien – zumindest bis vor Kurzem. Sein Motto war stets gewesen: *Ehrlich währt am längsten.* Doch seit einiger Zeit hatte er das Gefühl, dass Ehrlichkeit nicht immer zu den besten Verkaufszahlen führte. Der lebende Beweis dafür war seine Kollegin Zucky.

Zucky, mit ihren Mandelaugen und dem charmanten Lächeln, brachte Kunden reihenweise dazu, nicht nur Verträge zu unterschreiben, sondern regelrecht um sie zu betteln.

Was Herr Müller mühsam mit Argumenten und Fakten aufbaute, erledigte Zucky mit einem schiefen Lächeln und einem freundlichen Augenaufschlag. Kein Wunder, dass sie inzwischen vom Assistenten-Status in die glitzernde Position eines Senior Sales Operators aufgestiegen war.

Herr Müller hingegen? Nun ja, seine Verkaufszahlen hatten „Luft nach oben", wie sein Chef es im letzten Meeting so charmant ausdrückte.

„Herr Müller, wir brauchen noch zwei Großaufträge vor Jahresende. Es wäre toll, wenn Sie da nachziehen könnten." Dabei wanderte der Blick des Chefs fast automatisch zu Zucky, die strahlte, als hätte sie soeben die Verkaufswelt revolutioniert.

Herr Müller lächelte gezwungen und dachte insgeheim: *Die süße Zucky ... Wenn ich die mal flachlegen könnte – dann würde ich mich vielleicht auch wieder wie ein Gewinner fühlen.*

Aber stattdessen saß er da, während Zucky ihn mit ihrer unschuldigen Stimme überholte und ihm mit jeder Präsentation ein Stückchen mehr den Rang ablief.

Doch Herr Müller war nicht umsonst ein alter Hase. Mit seiner langjährigen Erfahrung und seiner ehrlichen Art hatte er immer noch einen kleinen Kundenstamm, der ihn schätzte. Bis zu dem Moment, als eine Präsentation aus dem Ruder lief.

Ein Kunde hatte ihn falsch verstanden – und zwar so falsch, dass es für Herrn Müller praktisch ein Geschenk des Himmels war.

Er zögerte. Sollte er es richtigstellen?
Nein, das würde den Deal kosten.
Also nickte er. Und mit einem einzigen kleinen Kopfnicken öffnete sich eine neue Welt: die Welt der „kreativen Wahrheiten, wie in der heutigen Politik".
Zurück im Büro brachen Jubelstürme aus.
Der Chef schüttelte ihm begeistert die Hand, und selbst Zucky kam auf ihn zu und sagte lächelnd:
„Herr Müller, von Ihnen kann ich noch viel lernen!"
Er lächelte zurück, obwohl er am liebsten laut aufgelacht hätte. *Von mir lernen? Na klar, Zucky, ich habe den Kunden übers Ohr gehauen, und du glaubst, ich sei ein Verkaufsgenie.*

Es war nicht richtig. Es fühlte sich auch nicht richtig an. Aber vier Kinder wollten ernährt werden, und die Wahrheit brachte kein Essen auf den Tisch.

Von da an perfektionierte Herr Müller seine „Präsentationskünste".

Die Kunden vertrauten ihm, weil er Referenzen vorweisen konnte – echte, ehrliche Kunden, die ihn in den Jahren davor schätzten. Was sie nicht wussten: Hinter den Kulissen wurden die Versprechen immer gewagter, die Zahlen immer blumiger und die Ergebnisse ... nun ja, die würden sich irgendwann später klären.

Seine Devise lautete inzwischen: *Nach mir die Sintflut.* Und die Sintflut ließ vorerst auf sich warten.

Zu Weihnachten zeigte sich das Unternehmen spendabel. Alle Angestellten bekamen Sachgeschenke wie Tablets, Handys oder Gutscheine. Herr Müller allerdings erhielt ... ein Buch. *Erfolgreich verkaufen – mit Ehrlichkeit und Charisma.*

Ein Buch! Während die anderen Angestellten ihre neuen Handys auspackten, saß er da und starrte auf den Einband. Seine Laune sank in den Keller.

Da kam seine Chefin mit einem Glas Sekt und einem vielsagenden Lächeln auf ihn zu. „Herr Müller, hätten Sie kurz Zeit? Wir müssen noch etwas unterschreiben."

Widerwillig folgte er ihr ins Büro.

„Herr Müller, ich wollte Ihnen nur sagen: Sie sind unser bestes Pferd im Stall. Das Buch war nur Tarnung – wir wollten die anderen nicht brüskieren."

Sie reichte ihm einen Umschlag. „Das ist Ihr wahres Weihnachtsgeschenk. Bitte öffnen Sie es erst zu Hause."

Zuhause öffnete Herr Müller den Umschlag, während seine Frau ihn neugierig beobachtete. Als er den Inhalt sah, blieb ihm fast das Herz stehen: 10.000 Euro Weihnachtsbonus. Zehn-tausend! Für einen Moment schämte er sich. Doch als er daran dachte, wie teuer die neuen Skijacken für die Kinder gewesen waren, und wie lange sie sich schon einen neuen Fernseher wünschten, verflog die Scham schneller, als sie gekommen war.

„Na, was ist drin?" fragte seine Frau.

„Ein bisschen Anerkennung", murmelte er und steckte den Umschlag weg.

Ehrlich währt vielleicht am längsten, dachte er.

Aber für unehrlich gibt's Bonuszahlungen.

Herr Müller war auf der Überholspur. Seine Präsentationen waren unschlagbar, seine Zusagen grenzenlos: „Ja, das ist machbar!", „Kein Problem!", „Das regeln wir für Sie!" – selbst, wenn er wusste, dass die Umsetzung in Wirklichkeit utopisch war. Kundenwünsche? Kein Thema. Ob Lieferfristen, Kosten oder Technik – Herr Müller versprach alles, was sich verkaufen ließ.

Seine Karriere war im Höhenflug, doch wie bei jedem Flug lauerten Turbulenzen. Einige Kunden begannen, den Schwindel zu durchschauen. Sie merkten, dass „alles machbar" am Ende oft mehr kostete als geplant.

Als sich Beschwerden häuften, verteidigte Herr Müller sich mit einem Klassiker:

„Schauen Sie mal: Der Berliner Flughafen sollte 3 Milliarden kosten, geworden sind's über 10!

Oder Stuttgart 21 – geplant war 10 Milliarden, jetzt sind wir bei 30. Zeiten ändern sich, und Preise eben auch!"

Damit hatte er Erfolg. Sogar vor Gericht bekam er Recht: Er mache nur seinen Job – *Verkaufen*.

Doch das Schicksal hatte andere Pläne. Eines Tages, nach einem hitzigen Gespräch mit einem wütenden Kunden, fuhr Herr Müller gedankenverloren durch die Straßen.

Plötzlich: *RUMMS!* Ein Lastwagen kam von rechts, schob ihn auf die Gegenfahrbahn – und alles wurde schwarz. Als er wieder etwas wahrnahm, sah er … sich selbst. Von oben.

„Ach du Scheiße, ich bin tot!" dachte er. Dann beruhigte er sich: „Oder … vielleicht bin ich nur ohnmächtig und wache gleich im Krankenhaus auf?"

Doch stattdessen fand er sich an einem seltsamen Ort wieder.

Vor ihm standen zwei Türen: Eine helle mit der Aufschrift *Stairway to Heaven* und eine dunkle mit dem Schild *Highway to Hell*.

„Hm", murmelte Herr Müller, während er sich an die Predigten der letzten Weihnachtsmessen erinnerte. „Das Helle müsste der Himmel sein, und das Dunkle … naja."

Er war überzeugt, dass er ein guter Mensch gewesen war. Sicher, er hatte ein bisschen geflunkert, aber das war doch für einen guten Zweck – er musste schließlich seine Familie ernähren.

Mit einem mulmigen Gefühl öffnete er die Tür zum *Stairway to Heaven*. Alles war hell und friedlich, ein alter Mann – vermutlich Petrus – saß dort und musterte ihn kritisch.

Plötzlich hörte er eine vertraute Stimme: „Herr Müller! Was machen Sie hier?" Er drehte sich um – ZUCKY!

Sie saß lässig auf einem Motorrad, trug eine Lederjacke und grinste ihn an.

„Ich bin hier, um Sie zu eskortieren. Steigen Sie auf, ich zeig Ihnen den *Highway to Hell*!"

Bevor Herr Müller überhaupt nachdenken konnte, sprang er aufs Motorrad.
Er drückte sich an Zuckys Körper, was für ihn immer ein geheimer Traum gewesen war.

Der Wind peitschte ihm ins Gesicht, bei „Born to be Wild, von Steppenwolf", die Straße war endlos und wild.

Überall sah er entspannte Typen, wunderschöne Frauen, coole Partys und Bars voller Bier und Cocktails. Auf Bildschirmen liefen Szenen von Menschen, die lachten, tanzten und das Leben genossen. „Hier ist ja alles chillig!" dachte er begeistert.

Nach einer Weile brachte Zucky ihn zurück an die Himmelstür. „Die Entscheidung liegt bei Ihnen," sagte sie mit einem geheimnisvollen Lächeln.

Herr Müller war hin- und hergerissen. Natürlich wollte er den Rest der Ewigkeit friedlich verbringen, doch Petrus stellte ihm Bedingungen.

„Du musst Buße tun, Herr Müller," sagte Petrus streng. „Du hast Kunden belogen und sie bewusst in die Irre geführt." Herr Müller verdrehte die Augen. „Buße? Ich habe niemanden umgebracht!

Ich habe nur meine Arbeit gemacht!"

„Deine Arbeit hat Schaden verursacht," entgegnete Petrus ruhig.

Herr Müller hatte genug. „Ach, ihr nervt. Ich war gerade auf dem *Highway to Hell*, da sind die Leute wenigstens entspannt.

Die verkaufen keine falschen Illusionen – die leben sie einfach!"

„Mit diesen Worten drehte er sich um und marschierte entschlossen in Richtung Highway to Hell. Die Tür öffnete sich, und er trat in eine Bar. Alles schien wie zuvor: entspannt, locker, fröhlich. AC/DC lief in voller Lautstärke – *Highway to Hell*."

Doch kaum wollte er sich ein Bier holen, rutschten ihm die Füße weg. Er fiel, prallte hart auf, und ein stechender Schmerz durchfuhr seinen Körper.

Als er aufsah, stand Zucky über ihm – diesmal mit High Heels und einem höhnischen Grinsen.

Sie trat ihn mit dem Absatz in den Rücken, bis er tiefer ins Höllenfeuer rutschte.

„Was soll das, Zucky?"

- schrie Herr Müller verzweifelt.

„Du hast doch gesagt, hier wäre alles chillig!

Du hast mir das so verkauft!

Wir wollten doch ... chillen ... und vielleicht sogar

... weißt schon ..."

Zucky lachte höllisch.

„Oh Herr Müller, das war nur unsere

Werbepräsentation.

Willkommen in der Hölle – jetzt gehörst du uns!"

DIE WOLFSBRÜDER

Die Wassermassen kamen in der Nacht. Lautlos zuerst, dann mit einem dumpfen Grollen, das den Boden vibrieren ließ.

Der Regen hatte tagelang nicht aufgehört, und als der Fluss endlich über die Ufer trat, geschah alles in Sekunden. Das Wasser riss Dächer ein, drückte Türen aus den Angeln und spülte alles fort, was nicht fest mit der Erde verwurzelt war.

In zwei Dörfern, einige Kilometer voneinander entfernt, geschah das Unfassbare: Zwei Babys, kaum älter als ein Jahr, wurden samt ihren Bettchen von der Strömung aus offenen Fenstern gerissen. Ihre Schreie gingen im tosenden Wasser unter. Niemand sah, wie sie sich, getrieben von der unbändigen Kraft der Flut, durch Straßen, über Felder und Wiesen bewegten – fernab des eigentlichen Flusslaufs.

Irgendwann, als das Wasser bereits große Teile des Landes verschlungen hatte, trafen sie aufeinander. Zwei winzige Wesen, hilflos treibend, bis ein dichter Strauch am Waldrand sie aufhielt.

51

Die Fluten tobten weiter, doch die Kinder waren nun gefangen, zwischen Ästen und Wurzeln, zitternd, klatschnass – und schreiend.

Die Wölfe haben sie gehört.

Normalerweise hätten sie eine leichte Beute sein sollen. Der Geruch nach Mensch, nach Angst und Verzweiflung, war für die Tiere fremd, aber das Rudel war hungrig.

Es näherte sich vorsichtig. Gelbe Augen blitzten zwischen den dunklen Bäumen auf, Schnauzen zuckten, Krallen gruben sich in den aufgeweichten Boden.

Doch bevor einer der Wölfe zuschnappen konnte, trat sie vor: Eine große, graue Wölfin, die in dieser Nacht bereits alles verloren hatte.

Ihre eigenen Welpen waren in den Fluten gestorben.

Ihre Trauer war tief, ihr Schmerz größer als jedes Hungergefühl.

Sie knurrte. Tief, warnend. Sie stellte sich vor die Babys, das nasse Fell gesträubt, die Zähne gebleckt.

Der Leitwolf fletschte zurück, ein tiefes Grollen vibrierte durch die Luft.

Doch die Wölfin wich nicht.

Sie verteidigte die Kinder, als wären es ihre eigenen. Als der Leitwolf schließlich zusprang, tat sie es auch – mit der Wut einer Mutter, die um ihr verlorenes Rudel kämpfte. Sie biss zu, hart und entschlossen. Ein kurzer, brutaler Kampf, und dann zog sich der Leitwolf zurück.

Damit war es entschieden.

Die Kinder gehörten nun ihr.

Mit vorsichtigen Bewegungen leckte sie die salzigen Tränen von ihren Gesichtern, drückte ihre warme Schnauze gegen ihre Haut.

Die Babys hörten auf zu weinen.

Sie waren zu erschöpft.

In dieser Nacht nahm sie sie mit – fort von den überfluteten Wiesen, hinein in die dunklen Tiefen des Waldes.

Die ersten Nächte waren kalt. Die Wölfin hielt sie warm, drückte ihren Körper schützend um die winzigen Wesen.

Sie begriffen nicht, was geschah, aber ihre Instinkte sagten ihnen, dass diese Wärme Sicherheit bedeutete.

Die anderen Wölfe beobachteten sie aus der Distanz – misstrauisch, doch nicht mehr feindselig.

Mit der Zeit lernten die Kinder.

Sie krochen durch das Unterholz, rutschten über feuchten Waldboden, folgten ihrer Wölfin, wann immer sie sich bewegte. Noch konnten sie nicht laufen, aber sie bewegten sich auf allen Vieren erstaunlich flink. Sie saugten an ihrer Milch, schwach zuerst, dann immer gieriger. Sie verstanden, dass das Rudel zusammenhielt – dass Futter geteilt wurde, dass die Schwachen geschützt, aber auch geprüft wurden.

Die Sprache der Wölfe wurde ihre Sprache.

Zuerst war es nur Nachahmung. Ein kehliges Gurren, ein tiefes Summen, wenn die Wölfin sie beruhigte. Dann kamen Knurren, Fauchen, Fiepen. Die ersten Versuche zu heulen waren noch brüchig, doch mit der Zeit stimmten sie immer selbstverständlicher in den Ruf des Rudels ein.

Das Laufen kam später – aber nicht auf zwei Beinen. Sie rannten auf allen Vieren, genau wie die Welpen, sprangen, rollten sich, stürzten durch das Unterholz.

Wenn sie fielen, standen sie wieder auf, schüttelten den Dreck ab und machten weiter.

Die Menschenwelt verblasste.

Keiner suchte mehr nach ihnen.

Die Flut hatte zu viele Leben genommen.

Zwei verlorene Kinder waren nur zwei von vielen.

So wurden sie zu den Geistern des Waldes.

Die Jäger der umliegenden Dörfer berichteten von seltsamen Gestalten, die zwischen den Bäumen huschten. Schatten, zu groß für Wölfe, zu schnell für Menschen. Sie hörten *Heulen*, das manchmal fast wie eine Stimme klang, dann wieder völlig tierhaft war.

Ein alter Mann schwor, dass er eines Nachts zwei seltsame Kreaturen gesehen hatte – Kinder, nackt, mit wilden Augen, die im Mondlicht auf einem Felsen standen und den Mond anheulten.

„Das waren keine Menschen mehr", sagte er. „Das waren Wölfe in Menschengestalt."

Der alte Waldarbeiter saß am Stammtisch der Dorfkneipe, rieb seine schwieligen Hände und blickte in die gespannten Gesichter um ihn herum.

„Ich schwöre es euch", murmelte er und nahm einen tiefen Schluck Slivovitz. *„Da draußen sind keine normalen Wölfe. Da sind ... andere Wesen."*

Die Männer lachten nervös, doch der Förster hörte genau zu. Seit Jahren streifte er durch diese Wälder, kannte jedes Tier, jede Spur – aber das, was der alte Mann beschrieb, klang anders.

Zwei Gestalten, nicht ganz Wolf, nicht ganz Mensch.

Zwei verlorene Seelen.

In der nächsten Nacht kletterte er auf seinen Hochsitz, tief im Wald, weit weg von den Wegen der Menschen. Er hatte sein Nachtsichtgerät dabei, eine moderne Linse in einer uralten Welt.

Er wartete. Die Stunden vergingen. Der Wind rauschte durch die Blätter. Irgendwo rief eine Eule.

Dann – Bewegung.

Der Förster richtete das Nachtsichtgerät aus. Erst sah er nur Schatten. Doch dann blieben ihm fast die Luft weg.

Das waren Kinder.

Klein, dünn, doch voller wilder Kraft. Sie bewegten sich auf allen Vieren, geschmeidig wie Raubtiere.

Ihre Haut war schmutzig, ihr Haar verfilzt, ihre Augen leuchteten im Dunkeln.

Sie spielten – oder trainierten – mit den Wölfen.

Sie sprangen, bissen sich spielerisch ins Fell, rollten sich über den Waldboden.

Der Förster rieb sich die Augen.

Sein Herz schlug schneller.

Das kann nicht sein.

Er richtete das Nachtsichtgerät erneut auf die Kinder. Und dann geschah etwas, das ihm einen Schauer über den Rücken jagte.

Eines der Kinder – ein Junge – hielt plötzlich inne. Langsam, mit einer seltsamen, fließenden Bewegung, hob er den Kopf.

Und dann – blickte er direkt in die Linse des Nachtsichtgeräts.

Seine Augen waren wild.

Wie die eines Wolfes.

Der Förster hielt den Atem an.

Der Junge öffnete den Mund – aber er sprach nicht. Er warf den Kopf in den Nacken und heulte in den Himmel und das Rudel antwortete.

Der Förster wusste nicht, ob er fror oder zitterte.
Doch eine Frage ließ ihn nicht los:
Wie bringt man ein Kind aus dem Reich der Wölfe
zurück in die Welt der Menschen – und will es das
überhaupt?

Der Förster konnte die nächsten Nächte kaum
schlafen. Die Bilder ließen ihn nicht los – die Kinder,
die mit den Wölfen lebten, jagten, spielten und
heulten. Es war unbegreiflich und doch real.

Er wusste, dass er allein nichts tun konnte. Also
informierte er vorsichtig Wissenschaftler, Wildhüter
und schließlich auch die Behörden. Niemand wollte
es zuerst glauben, doch als sie gemeinsam die
Spuren sicherten – Fußabdrücke von Kinderfüßen
neben den Pfoten von Wölfen –, war klar:
Diese Kinder existierten wirklich.

Es wurde beschlossen, sie zu retten. Doch wie?
„Gewalt ist keine Lösung", sagte der Förster. „Das
Rudel wird sie verteidigen."
Die Experten entschieden sich für eine
Betäubungsaktion – schmerzlos für die Wölfe, aber
effektiv.

In einer klaren Vollmondnacht, als das Rudel sich in einer Lichtung versammelte, schlugen sie zu.

Die Schüsse kamen lautlos – Betäubungspfeile, die lautlos durch die Nacht flogen.
Die Wölfe reagierten sofort, knurrten, sprangen, wollten fliehen – doch einer nach dem anderen sackte langsam zu Boden.

Die Wölfin war die Letzte.
Sie kämpfte, ihre Augen flackerten wild, als sie sah, dass ihre Kinder fortgenommen wurden. Selbst in ihrem dämmernden Zustand knurrte sie noch leise, beschützend.

Dann wurde es still.

Die Kinder schrien und wehrten sich, ihre Körper wanden sich wie Tiere, ihre Augen voller Angst und Wut. Sie bissen, fauchten, heulten – bis sie erschöpft in die Arme der ungewollten Retter sanken.
Niemand sprach ein Wort.
Es war kein Sieg.
Es war ein Abschied.
Zwischen zwei Welten

Tests bestätigten später, was alle vermutet hatten: Die DNA-Spuren führten zu zwei Familien, die einst ihre Kinder in der Flut verloren hatten.

Die Eltern weinten, als sie die Wahrheit erfuhren. Sie hatten getrauert, sie hatten geglaubt, ihre Kinder seien tot. Doch nun standen zwei kleine, wilde Wesen vor ihnen – keine Babys mehr, sondern Kinder der Wölfe.

Die Wiedereingliederung in die Menschenwelt war schwer. Die Jungen verstanden kaum Sprache, aßen lieber rohes Fleisch, schliefen lieber auf dem Boden als in Betten. Sie hatten Angst vor geschlossenen Räumen.

Doch das Schwierigste war: Sie vermissten ihr Rudel.

Es dauerte Monate, doch langsam lernten sie, mit den Menschen zu leben. Sie lernten sprechen, lernten Besteck benutzen, lernten, was es bedeutete, Teil einer menschlichen Familie zu sein.

Doch wenn der Vollmond am Himmel stand, wenn der Wind durch die Bäume zog, dann lauschten sie in die Nacht.

Und dann, ganz leise, schlichen sie hinaus.

Niemand konnte sie aufhalten.

Barfuß liefen sie durch das hohe Gras, ihre Körper bewegten sich lautlos, wie Schatten.

Sie gingen dorthin, wo einst ihr Rudel war.

Dort, unter dem kalten Licht des Mondes, hoben sie ihre Köpfe ... und heulten. Weit entfernt, aus den Tiefen des Waldes, kam die Antwort.

Die Jahre vergingen. Die Wolfsbrüder wuchsen heran, doch sie blieben anders.

Sie lernten sprechen, doch ihre Stimmen waren rau.

Sie lebten unter Menschen, doch ihre Herzen schlugen für die Wildnis.

Während andere Jungen Fußball spielten, zogen sie durch die Wälder. Sie lasen Spuren im Boden, kannten jeden Laut der Natur. Sie sprachen mit den Tieren – nicht mit Worten, sondern mit Blicken, Gesten, Instinkt.

Und wenn der Vollmond am Himmel stand, kehrten sie zu ihrem Rudel zurück.

Sie fanden ihr Wolfsrudel wieder – und ihre Wolfsmutter lebte noch.

Alt, aber stolz. Ihre Augen erkannten sie sofort.

Sie näherte sich, beschnupperte ihre Hände, leckte ihre Gesichter – sie war ihre wahre Mutter, und sie wusste, dass sie nie wirklich fortgegangen waren.

Mit der Zeit verstanden die Brüder, dass die Natur bedroht war.

Wälder wurden abgeholzt.

Wölfe wurden gejagt. Flüsse wurden verschmutzt.

Die Menschen sahen Wölfe als Feinde – doch die Brüder wussten die Wahrheit.

Sie wussten, dass die Wölfe die Wälder gesund hielten, dass sie keine Monster waren, sondern Hüter der Wildnis.

So trafen sie eine Entscheidung.

„Sie gründeten als „**Lupi Silvestres"** (Wölfe des Waldes) „**Terra Resources"**, eine Organisation, die sich weltweit dem Schutz der Natur widmete."

Sie kämpften für den Erhalt der Wälder, für den Schutz der Wölfe. Sie bereisten die Welt, sprachen mit Wissenschaftlern, hielten Vorträge über die Verbindung zwischen Mensch und Natur.

Doch egal, wie weit sie reisten – sie kehrten immer zurück.

Zurück zu den Wölfen.

Zurück zu ihrer Mutter.

Zurück nach Hause.

Die Menschen nannten sie **„Die Wolfsbrüder"**, und bald wurden sie zu einer Legende.

Es hieß, sie könnten mit Wölfen sprechen.

Dass sie in den Wäldern verschwanden und mit den Rudeln jagten. Dass sie nicht ganz Mensch, aber auch nicht ganz Wolf waren.

Wenn der Vollmond aufging, erzählten sich die Menschen eine Geschichte:

Zwei Männer mit wilden Herzen gehen in die Tiefen des Waldes.

Sie werfen den Kopf zurück.

Ihr Heulen durchdringt die Nacht.

Weit entfernt, aus den Schatten des Waldes, kommt die Antwort.

Die Wölfin ist stolz.

Ihre Kinder sind zurückgekehrt.

SODOM UND GOMORRA RELOADED

Seit Tagen war unsere Nachbarschaft ein Kriegsschauplatz. Die ersten Vorboten der Apokalypse knallten schon am zweiten Weihnachtsfeiertag – vorzugsweise direkt vor unserem Schlafzimmerfenster.

Unsere Katze hat den Keller zu ihrem neuen Zuhause erklärt, der Hund verweigert konsequent jede Gassi-Runde, und wir fragten uns alle: *Wer verkauft eigentlich solchen „Hirnies" immer noch Böller?*

Je näher Silvester rückte, desto mehr ähnelte unser Kiez einem Hochsicherheitslabor, in dem jedes Feuerwerk wie eine wissenschaftliche Studie getestet werden musste: "Knallt das hier lauter im Hausflur oder doch in der Kanalisation?" Die Antwort: *Beides gleich schrecklich.*

Natürlich, man könnte argumentieren, dass die Knallerei für kleine Geschäfte ein nettes Geschäft ist.

Aber angesichts der Summen, die die Berliner für die alljährliche Selbstdemontage ihres Wohnviertels ausgeben, könnte man auch einfach ein paar hundert Kilometer nördlich fahren – Ukraine hätte man die Böllerei gratis und mit garantiert höherem Explosionswert.

Doch nein, der gemeine Berliner zahlt lieber selbst, um Sodom und Gomorra auf Abruf in die Hauptstadt zu holen. Nostalgie, vielleicht?

Schon ab dem Nachmittag begann das Spektakel.

Die ersten Böller explodierten mitten auf der Straße, begleitet vom nervtötenden Gekicher kleiner Kinder, die sich gegenseitig anstachelten: *„Ey, leg den Chinaböller unter das Auto, mal gucken, ob der Alarm losgeht!"*

Von irgendwoher dröhnte „Atemlos durch die Nacht" aus einem kaputten Bluetooth-Lautsprecher, während ein halbwüchsiger Pyromane versuchte, eine Rakete direkt aus der Hand abzufeuern.

Seine Kumpels filmten das Ganze natürlich. Nicht, weil sie Angst um ihn hatten – sondern weil der Clip garantiert ein paar Likes auf TikTok bringen würde.

Die ersten Hausflure hatten sich bereits in verrauchte Testlabore verwandelt. Jugendliche warfen Böller die Treppen runter, ein Typ aus dem vierten Stock feuerte Raketen von seinem Balkon ab – nicht in den Himmel, wohlgemerkt, sondern auf die gegenüberliegende Hauswand. Der bröckelnde Putz war ihnen egal. Hauptsache, es knallte schön laut.

Aus der Kanalisation stieg Rauch auf. Offensichtlich hatte irgendjemand eine Batterie direkt in den Gullideckel gesteckt, weil:

„Digga, voll die geile Bassreflexbox!"

Bis 20 Uhr war klar: Sodom und Gomorra hatten nicht eine Minute so viel Spaß wie diese Leute hier.

Der Rauch wurde dichter, die Schreie lauter, und das Geknalle hatte längst die Schmerzgrenze überschritten.

Doch niemand schien es zu stören. Im Gegenteil: Je schlimmer es wurde, desto mehr strahlten die Gesichter.

„Berlin, ey!", rief ein Mann in einem glitzernden Party Hut, während er mit einer brennenden Wunderkerze in der Hand versuchte, seinen Hund zu beruhigen. Der arme Köter heulte wie ein Luftschutzsirene, doch Herrchen lachte nur: *„Ist doch Silvester, Waldi, da muss du durch!"*

Die Apokalypse erreichte um Mitternacht ihren Höhepunkt. Raketen wurden wie Kriegsmunition auf die Straße gefeuert, Kinder liefen kreischend durch die Rauchwolken, als hätten sie ein neues Videospiellevel freigeschaltet, und Betrunkene stolperten über explodierende Böller.

Eine Gruppe halbnackter Männer tanzte um einen brennenden Müllcontainer und grölte:

Einer von ihnen zündete eine Rakete in seiner Hosentasche, was im selben Moment zu einem lauten Knall und einem besonders hohen Schrei führte. Die anderen kugelten sich vor Lachen.

Am schlimmsten war es wie immer in der „heißen Phase", wenn die Hirnlosigkeit auf ihren Höhepunkt zusteuerte: der 31. Dezember.

Schon Stunden vor Mitternacht hatte sich die Nachbarschaft in ein dystopisches Paralleluniversum verwandelt. Kinder rannten kichernd mit Raketen durch die Straßen, Jugendliche entzündeten polnische Kugelböller in Briefkästen, und irgendwo flog garantiert eine leere Bierflasche hinterher.

Erwachsene, die längst Besseres wissen sollten, standen begeistert daneben und filmten alles, um es live ins Netz zu streamen. Immerhin, *Content ist Content.*

Es dauerte nicht lange, bis die Polizei eintraf – begleitet von Feuerwehr und Sanitätern, die allesamt aussahen, als wären sie direkt aus einer „Mad Max"-Szene geflüchtet.

Nicht, dass sie wirklich helfen konnten. Meistens wurden sie direkt mit Raketen oder Chinaböllern „begrüßt".

„Zielgruppe verfehlt", dachten wir uns jedes Mal, wenn eine Rettungsgasse von mutwilligen Feuerwerkenthusiasten zugestellt wurde.

Besonders beeindruckend war der Nachbar aus dem dritten Stock, der ernsthaft versucht hatte, eine Rakete vom Balkon seines Kumpels abzufeuern – *durch das offene Küchenfenster des Nachbarhauses.*

Die halbe Straße filmte, natürlich, und kommentierte live: *„Boah, krass, wie damals in Sodom und Gomorra, oder?"*

Ob sie jemals die Bibel gelesen hatten, war zwar fraglich, aber die Parallelen waren unübersehbar: Ignoranz, Chaos und die brennende Hoffnung, dass irgendjemand anders am Ende aufräumt.

Als um Mitternacht dann alle gemeinsam ihre Feuerwerksarsenale leerten, fühlte es sich tatsächlich kurz so an, als stünde man mitten in einem biblischen Inferno. Explosionen erleuchteten den Himmel, die Luft war voller Rauch, und irgendwo sang ein Betrunkener eine schiefe Version von „Auf der Reeperbahn um halb eins".

Sie sahen zu, wie ein Feuerwerkskörper in einer Mülltonne landete, die lautstark explodierte.

Alle nickten und jubelten: *Das muss damals in Sodom und Gomorra auch so angefangen haben.*

Überall Raketen, die wie Streubomben kreuz und quer durch die Straßen schossen, begleitet von einer Wand aus ohrenbetäubendem Krach. Der Rauch hing so dicht in der Luft, dass man keine zehn Meter weit sehen konnte.

Der Kiez fühlte sich an wie ein Kriegsgebiet – und das war noch freundlich formuliert.

Hätten wir in einem Live-Ticker gelesen, *„Russland greift Berlin an"*, niemand hätte es hinterfragt.

Die Böller-Intensität hatte einen Punkt erreicht, an dem selbst die Polizei aufgegeben hatte. Keine Streifenwagen, keine Sirenen, nichts. Offenbar hatten sie eingesehen, dass sie hier nur noch Kanonenfutter wären.

In der Ferne konnte man ein paar Funkenregen erkennen, vermutlich Überbleibsel eines explodierten Müllcontainers.

Dazu das kreischende Lachen einer Gruppe Betrunkener Jugendlicher.

Die offenbar den ultimativen Spaß daran hatten, Raketen waagerecht über die Straße zu schießen. Ziel: egal.

Zwischen dem dichten Rauch tauchte plötzlich eine Gruppe wankender Gestalten auf, alle schwer bepackt mit Bierkästen und Böllertüten, als wären sie aus der Hölle selbst gekrochen.

Ein Typ im Hoodie brüllte: *„Boah, Alter, das ist besser als die Ukraine – da fliegen nicht mal so viele Raketen auf einmal!"*

Sein Kumpel, leicht schwankend, hielt ihm eine halb volle Bierflasche hin und stimmte ein:

„Berlin 2025, Baby! Sodom und Gomorra, online!

Die beiden feuerten eine Batterie ab, die direkt in die nächste Menschenmenge flog.

Jubel brach aus.

Man konnte kaum unterscheiden, ob die Geräusche aus Feuerwerk, Kreischen oder Explosionen stammten.

Eine Frau mit pinken Haaren rannte schreiend an uns vorbei, als ob sie gerade einem Zombie-Angriff entkommen wäre. Hinter ihr stolperte ein Mann mit blutender Nase – ob das eine Rakete war oder ein Faustschlag, wollte man gar nicht wissen.

Die Leute amüsierten sich prächtig, selbst als einer auf der Straße regungslos zusammensackte.

Hilfe? Rücksicht?

Fehlanzeige.

Die wenigen Sanitäter, die sich noch in die Straßen wagten, waren längst chancenlos. Ihre Einsatzwagen wurden von Böllern und Raketen unter Dauerbeschuss genommen, als hätten die Menschen Silvester mit einer Guerillakampagne verwechselt.

Manchmal war das Gekreische der Frauen das Einzige, was die Knalle übertönte.

Eine Gruppe von Mädels in Glitzerkleidern versuchte hysterisch, ihren betrunkenen Kumpel von einer Mülltonne zu ziehen, die bedrohlich in Flammen aufging.

„Kevin, du Spasti, komm da runter!" schrie eine von ihnen, während Kevin begeistert lachte und mit einer Wunderkerze fuchtelte, als wäre er der König von Berlin. Sekunden später explodierte die Tonne mit einem ohrenbetäubenden Knall, und Kevin flog mit einem *„Boah, geil!"* in den nächsten Busch.

Es fühlte sich nicht nur schlimmer an als ein russischer Angriff, es war schlimmer. Denn hier wurde nicht mit Angst oder Verzweiflung gekämpft, sondern mit purer Dummheit. Menschen standen lachend im Rauch, als wäre es ihre persönliche Nebelmaschine, während in der Ferne eine Rakete in ein Küchenfenster krachte. Irgendwo fiel ein Balkon von einem Altbau – wahrscheinlich, weil jemand eine ganze Batterie darauf gezündet hatte.

Um 00:30 Uhr stiegen die ersten Toten in die Statistik ein.
Eine Rakete hatte jemanden auf einem Balkon getroffen, ein Böller explodierte direkt unter den Füßen eines Teenagers.

Doch der Rest der Feiernden ließ sich davon nicht stören. *„He, wir feiern hier, nicht nerven!"* brüllte ein Typ mit einer Deutschlandflagge als Umhang. Er zündete direkt noch ein paar Kugelböller nach.

„Das is' Berlin, Digga! Das is' Tradition!"

Auf den Dächern standen Jugendliche und zündeten ganze Batterien, die nicht in den Himmel, sondern direkt auf die Straße geschossen wurden.

Ein Balkon fing Feuer, doch die Party darunter ging unbeirrt weiter. „Feuerwehr?!", rief eine hysterische Frau. „Die kommen doch eh nicht durch!"

Die Menge jubelte. Das Feuer war die Krönung der Party. Schließlich war es das, was sie alle wollten: echtes Chaos, echtes Sodom und Gomorra.

Ohne göttliche Plagen oder apokalyptische Reiter. Einfach nur, weil es ihnen Spaß machte.

Und die Toten? Die Verletzten? Ach, das gehörte dazu. In einer Ecke lag ein Mann bewusstlos im Rauch, während ein Typ über ihn stolperte und lachend rief: „Haha, Alter, da hat wohl einer übertrieben!"

Rücksicht gab es nicht. Warum auch?
Sodom und Gomorra lebten von genau diesem Wahnsinn,
von der Lust, alles und jeden in die Luft zu jagen – sogar
sich selbst. Am Ende der Nacht war der Kiez kaum
wiederzuerkennen.

Kaputte Autos, verkohlte Mülltonnen, eingeschlagene
Fenster, Rauch und Schutt überall. Die Überlebenden
lagen auf dem Boden und lachten, erschöpft, betrunken
und stolz auf die Zerstörung, die sie angerichtet hatten.
Es war ihre eigene Apokalypse gewesen, selbstgemacht,
selbstgenossen.

Als der Rauch sich endlich legte und die ersten
Sonnenstrahlen über Berlin krochen, offenbarte sich
das wahre Ausmaß der Nacht.

Die Straßen sahen aus, als hätte ein Tornado die
Stadt durchpflügt und dabei nur Müll, Schutt und
eine dicke Schicht Asche zurückgelassen.

Die Reste der Feuerwerkskörper lagen wie ein
farbenfroher Teppich auf dem Asphalt, durchsetzt
mit Glasscherben, leeren Bierflaschen und den
verkohlten Überresten von Mülltonnen.

An einigen Stellen stank es nach geschmolzenem Plastik, an anderen nach verbranntem Gummi.

Die Autos, die überlebt hatten, standen schief und ramponiert auf ihren Parkplätzen, wie verwundete Krieger. Viele jedoch hatten nicht so viel Glück: Zahlreiche Fahrzeuge waren komplett ausgebrannt, ihre Stahlgerippe standen wie bizarre Kunstwerke in der Morgensonne.

Ein alter Golf mit abgefallenem Dach qualmte noch vor sich hin, während ein paar Kinder aus der Nachbarschaft kichernd mit einem verkohlten Lenkrad spielten.

Der Gehweg vor dem Supermarkt war von zerfetzten Raketenbatterien und halb abgebrannten Wunderkerzen übersät, die mittlerweile matschig im Nieselregen lagen. Ein Einkaufswagen lag auf der Seite, mit Böllern befüllt, die offenbar nicht rechtzeitig gezündet wurden – eine tickende Zeitbombe. Dazwischen: leere Sektflaschen, aufgerissene Chipstüten und ein halbes Sofa, dass jemand aus unerfindlichen Gründen angezündet hatte.

Die Müllabfuhr hatte längst kapituliert, und die wenigen Straßenreinigungskräfte, die sich an die Arbeit machten, wirkten wie Überlebende eines Weltuntergangs.

Ein älterer Mann mit Besen schüttelte nur den Kopf, während er einen halben Einkaufswagen voller Raketenreste in einen Sack schaufelte.

„Wie jedes Jahr, schlimmer als ‚ne Bombe", murmelte er und warf einen Blick auf den ausgebrannten Smart, der schief auf dem Bordstein stand.

In den Nachrichten liefen bereits die ersten Berichte über die Nacht: *„Fünf Tote und Dutzende Verletzte allein in Berlin – die Bilanz einer eskalierten Silvesternacht",* verkündete ein Nachrichtensprecher mit gequälter Miene.
Bilder von brennenden Balkonen, explodierenden Autos und Rettungskräften, die mit Raketen beschossen wurden, flimmerten über die Bildschirme. *„Feuerwehr und Rettungsdienste mussten mehr als 1.500 Einsätze bewältigen – und das unter schwierigsten Bedingungen."*

Im Hintergrund des Beitrags zeigte eine wackelige Handyaufnahme, wie Sanitäter mit Böllern beworfen wurden, während sie versuchten, einen Verletzten zu bergen.

Die Moderatorin fuhr fort: *„Die Behörden sprechen von der chaotischsten Silvesternacht der letzten Jahre. Unter den Toten ist auch ein 14-jähriger Junge, der von einer selbstgebastelten Rakete getroffen wurde.*

In Neukölln wurden mehrere Polizisten verletzt, als sie versuchten, eine brennende Mülltonne zu löschen.

In Kreuzberg eskalierte die Lage, als eine Gruppe von Feiernden Raketen auf Einsatzkräfte richtete."

Im Radio klang es nicht besser: *„Ein wahres Schlachtfeld",* nannte es ein Reporter, der live aus der Innenstadt berichtete.

„Abgebrannte Autos, zerstörte Schaufenster und ein unglaublicher Berg von Müll – die Straßen sehen aus wie nach einer Naturkatastrophe." Ein Interview mit einem genervten Feuerwehrmann folgte: *„Wir kommen einfach nicht mehr durch. Die Menschen scheinen den Verstand verloren zu haben."*

Doch die Berliner?

Die waren unbeeindruckt.

Eine Gruppe Jugendlicher, die mit einem selbstgebauten Böllerwagen durch die Straße zog, lachte laut, während einer rief: *„Boah, das war die geilste Nacht ever! Guck dir mal an, wie's hier aussieht – voll wie im Film!"*

Ein älterer Herr, der die Szene von seinem Fenster aus beobachtete, zog nur die Vorhänge zu und murmelte:

„Sodom und Gomorra. Nichts anderes."

Ein Reporter stellte die entscheidende Frage:

„Warum tun sich die Menschen das immer wieder an?"

Niemand hatte eine Antwort. Vielleicht, weil das Chaos irgendwie süchtig machte.

Vielleicht, weil man für einen Abend der König der Zerstörung sein wollte.

Oder vielleicht, weil es einfach Spaß machte, wenn die Welt brannte – selbst wenn es die eigene war.

Gott saß wahrscheinlich irgendwo da oben, rieb sich die Augen und dachte:

„Moment mal, ich habe damit nix zu tun!"

Denn was in Berlin zu Silvester passierte, war nicht göttliche Strafe, sondern hausgemachter Wahnsinn – reines Chaos, entfesselt von Menschen, die nichts mehr liebten als die Zerstörung.

Warum?

Weil es Spaß machte

AMERICAN DREAM

Ich hatte es fast geschafft.

Nach Monaten der Entbehrung, nach unzähligen Kilometern zu Fuß, stand ich endlich vor dem, was für mich Freiheit bedeutete: der Grenze zu den Vereinigten Staaten.

Der Traum. Mein Traum.

Doch statt offener Tore erwartete mich ein eisernes Dekret – der Präsident hatte die Grenze geschlossen.

Kein Einlass. Keine Chance.

Ich war aus Venezuela geflohen, hatte mich durch die grüne Hölle des Darién Gap geschlagen, nur um jetzt hier in Tijuana zu stehen, mit nichts als meinem ausgezehrten Körper und einem Verstand, der sich weigerte aufzugeben.

Ich war Informatiker, ein Software-Freak. In meiner Welt bedeuteten Codezeilen und Algorithmen Macht – doch hier draußen, in dieser gnadenlosen Realität, war ich nichts weiter als ein weiterer hungriger, mittelloser Flüchtling.

Die Banditen im Dschungel hatten mir alles genommen. Mein Tablet. Mein Handy. Mein letztes Bargeld.

Hätten sie gewusst, dass meine wahren Reserven in Kondomen in meinem Hintern versteckt waren, wäre ich wohl nie aus diesem Wald herausgekommen.

Also spielte ich den Mittellosen, gab keinen einzigen Dollar aus, weil schon ein einziger Schein in meiner Hand mich zur Zielscheibe gemacht hätte.

Ich trank aus schlammigen Flüssen, aß unbekannte Früchte und würgte Maden hinunter, um nicht zu verhungern. Zweieinhalb Tage kämpfte ich mich durch Morast, durch gefährliche Strömungen, vorbei an verwesenden Leichen, die den Weg säumten. Menschen, die dasselbe Ziel hatten wie ich – aber es nicht schafften.

Und jetzt?

Jetzt stand ich vor dieser verdammten Mauer.

Der Tortilla Wall.

Kein Handy, kein Zugang zum Online-Portal der Migrationsbehörde, der bereits abgeschaltet worden. Keine Möglichkeit, Asyl zu beantragen. Die Grenze war ein Bollwerk aus Beton und Stacheldraht, bewacht von Drohnen, Sensoren und Menschen, die mich nicht auf ihrer Seite sehen wollten.

Aber ich hatte einen Plan.

Im Fernsehen hatte ich gesehen, wie Menschen in der Schweiz den Rhein hinuntertrieben, ihre Kleidung in wasserdichte Säcke verpackt, lachend, sorglos. Für sie war es ein Spaß. Für mich würde es ein Kampf ums Überleben werden.

In meinem Rucksack hatte ich so einen Sack – selbst gemacht, wasserdicht. Mein Wickelfisch, so nannten es die Schweizer, diesen Sack.

Ich wollte von Rosarito aus losschwimmen, unter dem Schutz der Nacht. Weit hinaus ins Meer, um den patrouillierenden Booten zu entkommen, und dann, gut zwanzig Meilen jenseits der Mauer, die kalifornische Küste ansteuern.

Es war ein tödliches Risiko.

Ich hatte von den Strömungen gehört.
Rippströmungen. Sie waren tückisch, unsichtbar,
gnadenlos.

Wer in ihre Falle geriet und gegen sie anschwamm,
hatte keine Chance. Sie konnten dich mit neun
Kilometern pro Stunde hinaus aufs offene Meer
ziehen – schneller, als ein Weltrekord-Schwimmer je
dagegen ankäme.

Die meisten, die es versuchten, ertranken.
Aber ich wusste, wie ich ihnen entkommen konnte.
Nicht kämpfen. Als Fischers Sohn, kannte ich die
Gefahren. Nicht gegen die Strömung anschwimmen.
Mich treiben lassen, seitlich versetzt zurück. Mein
Wickelfisch würde mich über Wasser halten, eine
improvisierte Matratze inmitten der dunklen, kalten
See. Kein Geld. Kein Essen. Keine Sicherheit.
Aber Hoffnung.
Und manchmal ist das alles, was man braucht.

Für die Die Überquerung der Grenze hatte ich hatte
alles bis ins kleinste Detail geplant.

In Tijuana kaufte ich mir mit meinen letzten Reserven einfache Kleidung. Dann mietete ich ein billiges Hotelzimmer – nicht für Luxus, sondern für eine verdammte Dusche. Manche Leute können sich nicht vorstellen, wie schlimm ein Mensch stinken kann, wenn er wochenlang unterwegs ist. Man sagt, man riecht es sieben Kilometer gegen den Wind – ich schwöre, das ist manchmal noch zu wenig.

Frisch geduscht, in einem neuen T-Shirt und Bermudashorts, fühlte ich mich wie ein neuer Mensch. Meine Füße atmeten auf in neuen Havaianas.

Ich sah wieder aus wie jemand, der in einer anderen Realität existierte – nicht wie ein Flüchtling, der durch die Hölle gegangen war.

Mein Plan war jetzt simpel – aber genial.

Ich brauchte einen gebrauchten Neoprenanzug, möglichst schlicht, unauffällig. In einer dunklen Ecke der Stadt fand ich einen Straßenhändler, der mir genau das verkaufte, wonach ich suchte.

Dann kam der zweite Teil des Plans: eine komplette Verwandlung. Ich kaufte mir eine Jeans, ein Markenhemd, ein Sakko, elegante Lederschuhe – ich wollte aussehen wie jemand, der dahin gehörte.

Ich erinnerte mich an die Filme. James Bond, wie er aus dem Wasser steigt, den Neoprenanzug abstreift und ins Casino marschiert. Das war der Trick: Wenn ich irgendwo in den USA an Land ging, durfte mir niemand ansehen, dass ich ein Flüchtling war.

Ich besorgte mir ein gebrauchtes Handy und einen Laptop, richtete alles mit einer neuen E-PIN ein.

Ein kleiner Rucksack, wie ihn Programmierer immer bei sich tragen, war mein letztes Puzzlestück. Nach der Landung würde ich meinen Wickelfisch mit den überflüssigen Sachen vergraben.

Das Neopren verstecken – und dann mit Laptop auf dem Rücken und den schicken Lederschuhen in der Hand in Richtung Stadt marschieren.

Ich durfte nicht vor San Diego an Land gehen.

Alles musste perfekt sein.

Ich hatte keinen Cent mehr für die USA. Mein letztes Geld ging für das Nötigste drauf. Vielleicht konnte ich mir gerade noch einen Hamburger leisten – danach war Schluss.

Danach musste ich zusehen, wie ich klarkam.

Der Mond schien geheimnisvoll zwischen den Wolken, das Meer glitzerte silbern, als würde es mich rufen.

Ich stand am Strand. Dies war der Moment. Mein Moment.

Ich trat ins Wasser. Kalt. Salzig.

Die Wellen umspielten meine Beine. Ich schob den Wickelfisch vor mir her, schwamm hinaus.

Weiter. Weiter.

Und dann – die Strömung packte mich.

Ein Sog erfasste mich, zog mich mit rasender Geschwindigkeit hinaus ins offene Meer. Genau das war der Plan. Keine Grenzsoldaten, keine Zäune – das Meer war mein Fluchtweg.

Irgendwann, in der Ferne, sah ich den Tortilla Wall. Hell beleuchtet, ein leuchtendes Symbol der Abweisung.

Rechts von mir zog er vorbei.

Und dann wurde mir klar – ich war bereits im Hoheitsgebiet der Vereinigten Staaten.

Scheiße - Border Patrol.

Patrouillenboote, Scheinwerfer. Ich sah die Lichter auf dem Wasser tanzen.

Ich tauchte ab.

Sekunden, die sich wie Minuten anfühlten.

Mein Herz hämmerte in meinen Ohren. Langsam tauchte ich wieder auf, atmete vorsichtig Luft ein.

Nicht entdeckt.

Ich trieb weiter, das Meer war mein Verbündeter.

Alles wurde dunkler. Keine Lichter mehr. Dann – San Diego. Rechts von mir.

Mein Ziel war zum Greifen nah.

Ich begann, mich vorsichtig der Küste zuzubewegen. Bloß nicht zu früh, bloß nicht zu spät.

Das Timing war alles.

Und dann – fester Boden.

Sand unter mir.

Ich robbte an den Strand, spürte, wie mein Körper erschöpft, aber lebendig war.

Ich hatte es geschafft.

Aber noch war ich nicht sicher.

Schnell umziehen. Der Wickelfisch wurde im Sand vergraben. Neopren aus, Jeans an. Sakko überwerfen. Laptop in den Rucksack.

Jetzt war ich kein Flüchtling mehr.

Jetzt war ich ein Mann auf dem Weg in die Stadt.

Ich spürte den Hunger in meinem Magen, nur noch ein paar Reste von meinem Proviant. Ich musste dringend etwas essen – aber noch wichtiger:

Ich musste weiter.

Niemand durfte merken, dass ich eben noch im Pazifik um mein Leben geschwommen war.

Der Präsident der Vereinigten Staaten behauptete sogar auf einer Wahlveranstaltung, dass Migranten die Haustiere der Amerikaner verspeisen würden. Straßenhunde und Katzen in Angst vor der hungrigen Invasion – so malte er es seinen jubelnden Anhängern aus.

Ich musste lachen. Nicht, weil es lustig war, sondern weil es absurd war.

Hätte ich in diesem Moment eine streunende Katze gesehen, hätte ich sie vielleicht wirklich kurz kritisch gemustert.

Nicht, weil ich ein blutrünstiger Eindringling war, sondern weil mein Magen sich mittlerweile selbst zu verdauen schien.

Danke, Mr. Präsident, für diesen kulinarischen Tipp. Vielleicht würde ich es bis Silicon Valley mit Eichhörnchen-Snacks und gegrillter Waschbär schaffen ohne die Haustiere zu berühren.

Doch eines wusste ich genau: Lieber jage ich mir mein Abendessen selbst, als in einer Abschiebezelle zu landen, mit Ziel „Back to the Roots".

Dafür hatte ich viel zu viel riskiert.

Das war keine Option.

HIOBSBOTSCHAFT

Es gibt Tage, an denen wachst du auf und weißt einfach: Heute wird alles anders.

Und dann wird es auch anders – nur nicht so, wie du es dir vorgestellt hast.

Heute war genau so ein Tag.

Jahrelang hatte ich geschuftet, Überstunden gemacht, auf Familie und Freizeit verzichtet. Ich war der Typ Mitarbeiter, den Personalabteilungen als „wertvoll" bezeichnen und Kollegen als „Idiot". Pünktlich, loyal, kaum krank, immer bereit, so lange zu arbeiten, bis mir die Augen zufielen.

Die Beförderung lag in der Luft.

Ich brauchte sie dringend.

Warum?

Unser Vermieter hatte Eigenbedarf angemeldet.

Die Mietpreise in Frankfurt? Jenseits von Gut und Böse. Meine Frau und ich hatten uns geschworen: Mit der Beförderung kaufen oder bauen wir was Eigenes.

Endlich ein Zuhause, in dem uns niemand mehr kündigen konnte.

Also ja, ich war nervös.

Aber noch etwas ließ mich nicht los: Bei einer Routineuntersuchung hatte mein Arzt einen Tumor entdeckt.

„Muss nichts Schlimmes sein", meinte er. „Wir schicken die Probe ins Labor."

Aha.

Also entweder ein harmloses Knötchen – oder ich konnte schon mal anfangen, meine Grabrede zu schreiben. Tolles Gefühl. Ich versuchte, nicht daran zu denken, aber die Schmerzen machten mir immer wieder einen Strich durch die Rechnung.

Dabei lebte ich gesund. Kein Alkohol, keine Zigaretten, alles Bio, alles Frisch gekocht. Ganz anders als meine Kollegen – Kettenraucher, Feierbiester, die montags noch mit Restalkohol im Blut vor sich hin dampften.

Und wer bekam den Tumor?

Natürlich ich.

„Der Allmächtige stellt uns Prüfungen", sagte meine Frau. „Irgendwann verstehen wir, warum."

Super. Aber musste es jetzt sein und ausgerecht ich?

Meine Frau war schon aufgestanden, frisch geduscht, duftete nach Vanille und Versuchung.
Sie hatte mir Kaffee und ein kleines Frühstück gemacht. Ein Teil von mir wollte einfach ins Bett zurück, den Tag ignorieren, ihre nackte Haut spüren. Aber nein.
Heute könnte mein Tag werden. Ich gab ihr einen flüchtigen Kuss und rannte los.
Dann kam der Stau.
Ich griff nach meinem Handy, um meine Verspätung anzukündigen – doch wo war es?
Mist.
Ließ es wohl bei den Tagträumen von meiner Frau zu Hause liegen.
Ich musste umkehren.
Heutzutage ist man ohne Handy ja praktisch ein Höhlenmensch.
Die Rückfahrt war die Hölle. Von der Autobahn runterzukommen dauerte eine Ewigkeit.

Dann Stau auf dem Heimweg – Gaffer. Ich war kurz davor, einfach auszusteigen und zu Fuß zu gehen.

Nach fast einer Stunde endlich wieder zu Hause.
Aber jetzt, wo ich schon mal da war…
Eine spontane Liebeserklärung an meine frisch geduschte Ehefrau?
Warum nicht?
Ich stellte mir vor, wie ich sie ins Schlafzimmer trug, ihren Körper küsste, all den Stress vergaß.

Also schlich ich mich leise in die Wohnung.

Überraschung!

Nur nicht so, wie ich es mir vorgestellt hatte.
Denn aus dem Schlafzimmer drangen Geräusche.
Bettknarren. Lustvolles Stöhnen.
Häh?

Ich öffnete langsam die Tür – und sah ihn.
Den arbeitslosen Giovanni aus dem Erdgeschoss.
Auf meiner Frau. In einer Stellung, die ich in all unseren Ehejahren noch nie gesehen hatte.
Sie stöhnte vor Vergnügen.
So hatte sie es bei mir nie getan.

Unsere Blicke trafen sich.

Ihre Augen weiteten sich vor Schreck.

Doch Giovanni?

Der war so im Flow, dass er weitermachte – bis zum
großen Finale.

Dann Stille.

Ich stand da wie ein begossener Pudel.

Meine Frau knallrot.

Giovanni noch halb geschwollen.

Am liebsten hätte ich das Küchenmesser geholt und
ihm sein bestes Stück abgetrennt.

Aber stattdessen drehte ich mich wortlos um, griff
nach meinem Handy und verließ die Wohnung.

Ein arbeitsloser Casanova vögelte meine Frau,
während ich mich krumm schuftete.

Sie duschte also nicht für mich – sondern für ihn.

Mein Kopf fühlte sich an, als würde er explodieren.

Ich fuhr zur Arbeit. Musste unterwegs anhalten,
rannte über ein Feld, schrie ins Nichts.

Dann atmete ich tief durch und tippte eine Nachricht: „Bin im Stau, komme später."

Als wäre nichts passiert.

Der nächste Schlag sollte sich nicht warten lassen.

Um 11 Uhr kam ich endlich in der Firma an.
Mein Chef erwartete mich.
„Haben Sie nach der Mittagspause kurz Zeit?"
Klar. Jetzt kommt sie endlich, die Beförderung!

Nach der Pause betrat ich sein Büro.
„Herr Huber", begann er. „Wie soll ich es sagen…
Wir wurden von einem amerikanischen Investor übernommen. Ohne das hätten wir Insolvenz anmelden müssen. Die Berater von Ernst & Young haben einen Sanierungsplan erstellt."

Aha. Ich ahnte, worauf das hinauslief.

„Leider können wir einige Kollegen nicht übernehmen", fuhr er fort. „Und Sie sind einer davon."

Boom.

Wohnung weg, Frau weg, Verdacht auf Krebs, und jetzt auch noch arbeitslos.

Mein Chef sah mir an, dass mein Kopf kurz vor der Explosion stand.

„Da wir Ihre Loyalität sehr schätzen, haben wir für Sie eine Abfindung von 100.000 Euro ausgehandelt. Außerdem sind Sie ab sofort freigestellt, bekommen aber bis Jahresende Ihr volles Gehalt."

Aha – ich hatte bald keine Wohnung mehr, meine Frau hatte mich betrogen, und jetzt auch noch keinen Job. Aber immerhin gab es Geld als Überbrückung!

Ich fuhr nach Hause, um mit meiner Frau zu sprechen. Ich wollte die Scheidung.

Die Abfindung wollte ich verschweigen – doch dann sah ich sie bereits mit Giovanni in einem Sportwagen Richtung Sonnenuntergang verschwinden. Sie winkte mir zu, als wollte sie sagen: *Sieh zu, wie du zurechtkommst.*

So eine Frechheit! Ich hatte sie geliebt.

Ich wollte nicht nach oben, musste mich aber noch umziehen. Dann fiel mein Blick auf den Küchentisch. Dort lag ein Brief, an eine Vase gelehnt.

„Lieber Hubsi,

Es tut mir leid, was du heute gesehen hast.
Ich möchte mich entschuldigen.
Giovanni und ich haben schon lange eine Affäre und beschlossen, zusammenzubleiben.
Wir ziehen nach Piemont, Italien, um ein altes Bauernhaus zu renovieren.

Da die Kinder aus dem Haus sind und wir kaum Eigentum haben, verzichte ich auf alles – außer auf meinen gesetzlichen Rentenanteil.

Ich hoffe, das ist für dich in Ordnung.

Alles Liebe, deine Diana"

Ich brauchte einen Drink. Und zwar viele.

Also ging ich in die Kult-Kneipe „Rössle" an der Ecke und soff mich ins Nirwana.

Am nächsten Morgen hämmerte mein Kopf.
Dann klingelte das Telefon.

„Herr Huber, Ihre Laborergebnisse sind da.

Ihr Tumor ist gutartig.

Er wird sich langsam zurückbilden.

Sie sind vollkommen gesund."

Na immerhin.

Ich hatte vorläufig genug Geld, war frei, hatte keine Verpflichtungen mehr.

Ich beschloss, eine Weltreise zu machen.

Ich buchte eine 8-tägige AIDA-Mittelmeertour.

Ein kleiner Vorgeschmack auf das große Abenteuer und um wieder runterzukommen.

Dann ploppte eine E-Mail auf: *„Sie haben gewonnen!"*

Normalerweise ignoriere ich solche Nachrichten, da es sich immer um Kleinbeträge handelte.

Aber irgendetwas war diesmal anders.

Ich öffnete die Mail.

„Herzlichen Glückwunsch! Sie haben den Euro Jackpot in Höhe von 90.000.000,00 Euro gewonnen."

Neunzig. Millionen. Euro.

Ich las die Zahl immer wieder.

Ich konnte es nicht fassen.

Mein ganzes Leben hatte ich mich abgerackert, war loyal gewesen, hatte Opfer gebracht – und in einem einzigen Tag verlor ich alles.

Nur um dann festzustellen, dass ich plötzlich ALLES und viel mehr hatte.

Ich lehnte mich zurück, nahm einen Schluck Kaffee und murmelte:

„Wenn's läuft, dann läuft's"

DAS WUNDER VON BASEL

Basel ist eine Stadt der Überraschungen.
Historische Gebäude, moderne Kunst, eine Prise anarchischer Humor – und natürlich die Brunnen.

Über 200 davon stehen in der Stadt verteilt, liebevoll gepflegt und stets randvoll mit bestem Trinkwasser. Doch in jener Fasnachts Nacht änderte sich das – und Basel stand Kopf.

Wenn Basel ins Dunkel taucht, wird es magisch und närrisch. Es begann, wie jede Fasnacht beginnt: mit dem legendären „Morgestraich".

Punkt 4 Uhr morgens, am Montag nach Aschermittwoch, versinkt die gesamte Altstadt in Dunkelheit. Die Straßenlaternen werden ausgeschaltet, nur die kunstvoll bemalten Laternen der Fasnachts-Cliquen leuchten in der Finsternis.

Trommler und Pfeifer setzen ein – und für exakt 72 Stunden gehört Basel den Narren. Die Straßen füllen sich mit verkleideten Gestalten, der Klang der Piccolos und Trommeln hallt durch die Gassen.

Der Duft von Mehlsuppe und Zwiebelwähe lag in der Luft.

Kneipen haben rund um die Uhr geöffnet, und wer jetzt noch an normale Schlafenszeiten denkt, ist entweder ein Tourist oder zum ersten Mal dabei.

Es war eine dieser Basler Nächte, in denen die Luft nach Konfetti, Pfeifenklängen und ein bisschen Wahnsinn duftete. Die Fasnacht tobte, und wer Basel kannte, wusste: Hier war alles möglich.

Doch was sich in jener Nacht abspielte, sollte in die Geschichte der Stadt eingehen – als das größte Rätsel seit der Erfindung des Raclette-Käses.

Das Wunder begann am Fischmarktbrunnen. Ein müder Fasnächtler wollte sich einen Schluck Wasser gönnen.

Er beugte sich vor, schöpfte mit der Hand, nahm einen Schluck – und spuckte ihn sofort wieder aus. Doch nicht, weil das Wasser schlecht war.

Sondern weil es kein Wasser war.

„Weinschorle?!"

Binnen Minuten verbreitete sich die Nachricht. Menschen strömten herbei – erst skeptisch, dann voller Begeisterung. Aber damit nicht genug:

- Der Basilisk-Brunnen am Münsterplatz? Spuckte ebenfalls Weißweinschorle – aber eher nach Rivaner.
- Der St. Jakobs-Brunnen? Glühwein – heiß, dampfend, perfekt für eine frostige Fasnachts- Nacht.
- Der kleine Gerbergässlein-Brunnen? Plätscherte plötzlich fröhlich – Vino Frizzante!

Einige lachten und riefen: „Das ist ein Wunder!" Andere vermuteten einen genialen PR-Gag der Stadt. Und wieder andere – vor allem die Polizei – ahnten nichts Gutes.

Beim 20-Uhr-Loch-Trick hatte normalerweise der Verein „Brunnen-gehn" am St. Jakobs-Brunnen alles im Griff.

Früher wurden im Winter alle Brunnen ausgeschaltet.

Nicht in Basel – hier ist neuerdings Brunnenbaden angesagt! Seit 2017 heizt der Verein „Brunnen-gehn" im Winter die Basler Brunnen ein.

So entsteht ein Ort der Begegnung, der an längst vergessene Funktionen der Brunnen erinnert.

Als endlich die Abdeckplane entfernt wird, steigt Nebel auf und um wabert das „Brunnen-gehn"-Schild zu Füßen des heiligen Jakob.
Aber heute riecht es nach Wein.

An der Rezeption trägt Balz die Gäste in eine Liste ein und fragt nach ihren Schwimmabzeichen.

„Krebsli, Fröschli und Seepfärdli", sagt ein kleines Mädchen stolz. Im Nu stehen fünfzig Namen auf der Liste.
„Keine Zigaretten, kein Alkohol und keine Fotos von den Badenden!", erklärt Balz. „Dusche und Fußbad sind obligatorisch!" Aber mit dem Alkohol konnte er sich heute wohl abschminken. Denn die erste Probe zeigt: Statt des gewohnten „Spaghettiwassers" im St. Jakobs-Brunnen war der Brunnen randvoll mit Müller-Thurgau.

Ungläubige Ausrufe ertönen. Dom, der inoffizielle Zeremonienmeister, klettert mit Gong und riesigem Holzkochlöffel auf den Brunnenrand und verkündet:

„Die Dusche ist heute eine Pfütze, Leute – also ist sogar Heavy Wine Bathing angesagt!"

„Kinder müssen heute draußen bleiben!"

„Lueg, dass s' Brunnewasser nöd ganz usgetrunke wird!"

Wer sich nicht daran hält und erwischt wird, scherzen die „Brunnen-gehn"-Leute, müsse den Rest des Abends an der Heißwasserpumpe strampeln.

Während sich die ersten Mutigen in den Brunnen wagen, sitzt Dom auf dem Rand des St. Jakobs-Brunnens. Neben ihm schaukelt eine knallrote Quietsche Ente auf der Glühweinoberfläche.

„Leute!", ruft er mit erhobenem Kochlöffel. „Wer keinen Wein über die Fußsohlen aufnehmen will, soll jetzt verschwinden!"

Keiner geht.

Im Gegenteil – immer mehr Menschen strömen herbei. Einige versuchen, den „guten Tropfen" mit Flaschen abzufüllen. Andere zitieren biblische Wunder. Wieder andere tauchen einfach Brot in den Wein und rufen „Zum Wohl!" Ein paar besonders schlaue Köpfe legen sich gleich ganz in den Brunnen und lassen sich von ihren Freunden mit kleinen Schaufeln übergießen.

Der Morgen danach, spätestens als die ersten Autofahrer auf dem Heimweg von der Polizei zur Alkoholkontrolle gebeten werden: („Herr Wachtmeister, ich habe wirklich NUR aus dem Brunnen getrunken!"), ist klar:
Das Ganze kann nicht ohne Folgen bleiben.

Am nächsten Morgen veröffentlicht die Stadtverwaltung eine offizielle Stellungnahme:

„Die Basler Brunnen liefern seit Jahrhunderten bestes Wasser. Dass es in einer einzigen Nacht zu einer unerwarteten geschmacklichen Anpassung kam, ist ein faszinierendes Mysterium.

Die Ermittlungen laufen."

Damit ist klar: Niemand weiß, woher der Wein kam.

War es ein geheimes Fasnachtsritual?

Ein Lausbubenstreich?

Ein misslungenes Experiment eines Weinhändlers?

Egal, was es war – für die Basler bleibt es das Wunder von Fasnacht. Und beim nächsten „Morgestraich" wird garantiert wieder jemand einen vorsichtigen Schluck aus dem Brunnen nehmen.

Man weiß ja nie … Wunder geschehen immer wieder.

Die Geschichte, in der Wasser in Wein verwandelt wird, steht schließlich in der Bibel – warum nicht auch in Basel?

DUMMHEIT VERMEHRT SICH

Eigentlich sollte man über Dummheit nicht allzu viel schreiben – und doch könnte man ganze Bibliotheken damit füllen.

Aber was ist Dummheit überhaupt?

Ein Zustand des Nichtdenkens?

Naivität?

Oder einfach nur Leichtsinn?

Manchmal habe ich das Gefühl, Dummheit vermehrt sich schneller als Vernunft. Und das nicht nur bei einzelnen Menschen – nein, sie ist ansteckend!

Ein einziger dummer Gedanke kann sich ausbreiten wie eine Grippe. Und das Schlimmste: Selbst die klügsten Köpfe sind nicht immun.

Spontane Dummheit – oder der Moment, in dem das Gehirn Feierabend macht

Wir alle kennen diese Situation: Man trifft eine blitzgescheite Person, die normalerweise über alles nachdenkt.

Und dann macht sie plötzlich etwas derart Bescheuertes, dass man sich fragt, ob sie gerade von einem Außerirdischen übernommen wurde.

Ich hatte mal einen Vereinskollegen, der ein Mathe und Physik Genie war.

Der Typ konnte komplizierte Gleichungen im Kopf lösen, aber wenn er seine E-Mails ausdrucken wollte, hat er jedes Mal den Bildschirm angefasst, als wäre er ein Touchscreen. Es hat ihn jedes Mal aufs Neue überrascht, dass nichts passiert.

Noch besser: Eine Bekannte von mir, hochintelligent, promoviert in Philosophie, wollte ein Glas Wasser in der Mikrowelle erhitzen – mit einem Löffel drin.

Die Funken haben so schön gefunkelt, dass sie dachte, die Mikrowelle hätte eine Party für sie geschmissen.

Das ist spontane Dummheit. Niemand ist davor sicher.

Aber Dummheit hat auch ihre Vorteile. Wer dumm genug tut, muss oft weniger arbeiten.

Ich habe das in meiner Lehrzeit schnell begriffen. Wenn eine Aufgabe besonders eklig war – sagen wir, den verstopften Abfluss eine Maschine reinigen musste, stellte ich mich einfach so dumm wie möglich an.

„Meister, ich weiß gar nicht, wie das geht...

Ich glaub, ich mach das nur schlimmer..."

Der Meister seufzte, nahm mir das Werkzeug aus der Hand und sagte genervt: „Lass es, ich mach das selber.

Geh du lieber die Vesper holen."

Und so genoss ich gemütlich mein Brötchen, während er mit beiden Armen im Bohrabwasser wühlte.

Dumme Menschen in hohen Positionen – ein Mysterium

Es gibt aber Leute, die mit Dummheit nicht nur durchkommen, sondern richtig Karriere machen.

Besonders in der Politik. Manche quatschen ohne ein Fünkchen Verstand, werfen Phrasen in die Menge – und landen am Ende auf den höchsten Posten.

Aber mein persönlicher Favorit ist immer noch Günther Oettinger, der ehemalige EU-Kommissar. Sein Englisch war eine ganz eigene Liga. Als er mal eine Rede über das digitale Zeitalter hielt, klang es ungefähr so:

„We have a digital industry. And now we have a digital single market. And dis is verry important. Because ähhh... digitization is ähhh... a ähhh big thing.“

Und als er versuchte, den Brexit zu kommentieren, kam das dabei raus:

„Brexit is Brexit, and ähhh... we must do dis ähhh step by step, ähhh... but not too slow and ähhh...not too fast! “

Da frage ich mich: Hat dem Mann niemand gesagt, dass es Dolmetscher gibt?

Noch besser war seine Begründung, warum Englisch trotz Brexit die wichtigste Sprache in der EU bleibt:

„English is slowly but surely ähhh... not only the first language but THE language, because it's most spoken ähhh... in the world, and ähhh... everywhere, you understand? Ähh... you understand?!"

Ja Günther, wir verstehen.

Also nicht die Rede, aber das Problem.

Das ist keine Übertreibung. Hier ein paar echte Perlen aus der Politik:

„Das Internet ist für uns alle ein Neuland." – Angela Merkel

„Niemand hat die Absicht, eine Mauer zu errichten." – Walter Ulbricht, zwei Monate bevor die Berliner Mauer gebaut wurde. War das eine Ironie oder eine dumme Behauptung? Bei solchen Leuten weiß man das nie.

„Wenn wir keine Flughäfen mehr haben, dann landen die Flugzeuge woanders." – Franz Josef Strauß

„Es gab Zeiten, da war ich selbst arbeitslos, sogar als Bundeskanzler." – Gerhard Schröder

Und dann gibt es natürlich internationale Highlights:

„Ich glaube, dass der Mensch und der Fisch friedlich koexistieren können." – George W. Bush

„Wenn wir den Klimawandel bekämpfen, wird das Wetter besser." – Michelle Bachmann, US-Politikerin

Man fragt sich wirklich, ob manche Politiker morgens in den Spiegel schauen und denken:

„Heute sag ich mal wieder was richtig Dummes."

„Belgien ist eine wunderschöne Stadt." – Donald Trump

Ach ja, den hatte ich fast vergessen!

Wenn es um unübertroffene Dummheit geht, dann darf natürlich Donald Trump nicht fehlen.

Dieser Mann hat in seiner Amtszeit mehr skurrile Dinge gesagt als ein betrunkener Verschwörungstheoretiker auf einer Grillparty.

Aber der dümmste Spruch?

Während der Corona-Pandemie hielt Trump eine Pressekonferenz ab und ließ die Welt an seiner „Genialität" teilhaben:

„I see the disinfectant, where it knocks it out in a minute. One minute! And is there a way we can do something like that, by injection inside, or almost a cleaning? Because you see, it gets in the lungs, and it does a tremendous number on the lungs."

War das original Zitat und übersetzt klang es so.

„Ich sehe das Desinfektionsmittel, das das Virus in einer Minute ausschaltet. Eine Minute! Und gibt es eine Möglichkeit, so etwas zu machen – durch eine Injektion ins Innere oder fast wie eine Reinigung? Weil, sehen Sie, es gelangt in die Lunge (Corona-Virus), und es richtet dort enormen Schaden an."

Ärzte weltweit hielten kollektiv den Atem an.

Hersteller von Desinfektionsmitteln mussten tatsächlich eine offizielle Warnung herausgeben:

„Bitte trinken oder injizieren Sie unsere Produkte nicht!"

Und das Beste?

Einige Leute haben es trotzdem versucht.

Ich stelle mir die Szene im Weißen Haus vor:

Trump: „Doktor, könnten wir das Virus nicht einfach wegspritzen?"
Arzt: „Äh… Herr Präsident, das könnte tödlich sein."
Trump: „Tödlich für das Virus, oder?"
Arzt: „…auch für den Patienten."
Trump: „Na ja, das müssen wir testen!"

Nach diesem Vorschlag wäre es nicht verwunderlich gewesen, wenn Trump am nächsten Tag empfohlen hätte, sich zur Desinfektion direkt unter eine UV-Lampe zu legen – ach Moment, das hat er ja tatsächlich getan!

Dazu fällt mir nur noch ein: Manche Leute schauen „Breaking Bad", um zu lernen, wie man Drogen herstellt. Trump schaut Desinfektionsmittel-Werbungen und denkt, er hat die medizinische Revolution entdeckt.

Dummheit ist international, besonders faszinierend finde ich, dass manche Menschen nicht nur wenig wissen, sondern gleichzeitig überzeugt sind, absolut recht zu haben.

In den USA gibt es beispielsweise Leute, die felsenfest glauben, dass Europa ein Land ist.

Ein Amerikaner fragte mich mal ernsthaft, ob man von Deutschland aus mit dem Auto nach Kanada fahren kann.

Dann könnten wir uns an der Kanadischen Grenze treffen. Ich überlegte kurz, ob ich „Ja, über die geheime Unterwasser-Autobahn" sagen sollte.

Ein anderer wollte wissen, warum es in Deutschland keine Dinosaurier mehr gibt. Als ich meinte, dass die vor Millionen Jahren ausgestorben sind, sagte er empört:

„Ja, aber hier in den USA gibt's doch auch noch Alligatoren!"

Dummheit ist also überall – in der Politik, im Fernsehen, im Alltag.

Die große Frage bleibt: Wer ist dümmer?

Die, der Unsinn reden?
Oder die, die ihnen zuhören und es glauben?

Vielleicht ist es ja wie mit der Schwerkraft.

Ein Naturgesetz.

Nur eben eines, das uns immer wieder zum Lachen bringt.

Albert Einstein soll einmal gesagt haben:
„Zwei Dinge sind unendlich:
Das Universum und die menschliche Dummheit.
Aber beim Universum bin ich mir nicht ganz sicher. "

MARIA & MAGDALENA

Straßenfeste sind wie Lotterien: Man weiß nie, was man gewinnt – meistens einen Kater. Aber an diesem lauen Sommerabend war es anders.

Da war sie – Maria.

Sie tanzte allein, lachend, frei, als würde ihr die ganze Welt gehören. Ich erwiderte ihr Lächeln, weil… na ja, warum auch nicht?

Der DJ legte *Atemlos* auf, und plötzlich wurde aus wildem Gehüpft, ein klassischer Discofox-Abend.

Ich nahm meinen Mut zusammen, reichte Maria die Hand und sagte: „Joe."

„Maria", antwortete sie strahlend.

„Ich kann kein Fox."

„Kein Problem, ich führe dich!"

Sie wurde ein bisschen rot im Gesicht, was ich charmant fand – bis mir jemand auf die Schulter tippte.

„Sie ist meine Frau."

Äh… okay.

Ich hob die Hände.

„Alles gut, wir tanzen nur."

Maria lachte, bevor sie die Situation entschärfte:

„Magdalena, meine Partnerin, wir sind verheiratet."

„Alles klar, Mädels. Ich bin heute nicht auf Baggerfahrt. Wie wär's mit einem Glas Sekt?"

Die beiden nickten.

Sie konnten trinken – meine Güte!

Es blieb nicht bei einem Glas.

Am Ende taumelten wir gemeinsam durch die Nacht, als wären wir seit Jahren beste Freunde.

Beim nächsten Weinfest ging es genauso weiter: Küsschen links, Küsschen rechts, und der Abend wurde wieder lang.

Irgendwann kam das Gespräch auf Kinder.

Maria wollte welche.

Sie und Magdalena überlegten zu adoptieren.

„Gute Idee! Es gibt so viele Kinder, die ein Zuhause brauchen", sagte ich.

Künstliche Befruchtung kam nicht infrage – Männer waren ihnen grundsätzlich suspekt, auch wenn ich wohl als harmlose Spezies durchging.

Wir sahen uns noch ein paar Mal, radelten zusammen, hielten aber immer respektvollen Abstand. Magdalena ließ Maria keine Sekunde aus den Augen – eine menschliche Alarmanlage.

Dann kam der Herbst, dann der Winter – und dann sah ich sie monatelang nicht mehr.

Bis zu jenem Tag.
Das Unglaubliche geschieht

Ich kam von der Arbeit nach Hause, und wer stand vor meiner Tür? Magdalena.

Und sie war… nun ja… sagen wir, geladen.

„DU SCHWEIN!

DU HAST MARIA GESCHWÄNGERT!"

Äh… wie bitte?!
Ich wusste nicht, ob ich lachen oder wegrennen sollte.

„Ich habe euch seit Monaten nicht gesehen!"
verteidigte ich mich.

„Ja, darum! Sie ist im vierten Monat schwanger!"

„Äh… okay. Und das hat jetzt genau was mit mir zu
tun?"

Magdalena verschränkte die Arme.

„Sie hat im Schlaf geredet.
Von Josef!

Oder heißt du etwa nicht Josef, - Joe?!"

Ich blinzelte.
War das ihr Ernst?
Aber bevor ich was sagen konnte, zischte sie auch
schon wütend davon.
Ich musste grinsen.
Das war doch absurd!
Also schnappte ich mein Fahrrad und düste zu den
beiden hin.
Maria saß verheult auf dem Sofa.
Die Luft im Raum war dicker als ein alter
Sonntagsbraten.

„Ganz ehrlich", sagte ich mit meiner jugendlichen Leichtigkeit, „das ist doch nicht schlimm!"
„Nicht schlimm?!
Sie hat mich mit einem Mann betrogen!" fauchte Magdalena.

„Habe ich nicht!" protestierte Maria.

Wir überlegten fieberhaft, ob ihr jemand K.-O.-Tropfen verabreicht haben könnte.
Aber nein, Maria konnte sich an nichts erinnern.
Außerdem war Magdalena immer an ihrer Seite gewesen.

Also, wie zum Teufel war das passiert?!

Ich schlug vor, in die Uniklinik zu gehen.
Vielleicht konnte ein DNA-Test Klarheit bringen.
Maria bekam einen Termin – und dann kam die Wahrheit ans Licht.

Maria war – medizinisch gesehen – ein echtes Phänomen. Sie war als Frau geboren, aber ihr Körper hatte eine Überraschung parat: versteckte, unentwickelte männliche Samenstränge. Und die hatten sich mit ihren eigenen Eizellen verbunden.

Kurz gesagt:

Maria hatte sich selbst geschwängert.

Ein Fall, so selten, dass selbst die Wissenschaft ins Schwitzen kam.

Wissenschaftlich betrachtet wäre eine Empfängnis ohne männliche Beteiligung nur durch Parthenogenese (eine Form der ungeschlechtlichen Fortpflanzung) möglich – Parthenogenese ist ein biologisches Phänomen, bei dem sich ein weibliches Lebewesen ohne männliche Befruchtung fortpflanzen kann. Dies kommt bei manchen Insekten, Reptilien, Fischen und Amphibien vor, aber nicht bei Säugetieren und erst recht nicht beim Menschen.

Theologisch gesehen?

Nun ja... das war ein anderes Kapitel.

Der Arzt warnte sie: „Sprechen Sie nicht darüber. Sonst pilgern die Leute hierher wie damals nach Bethlehem.

Und glauben Sie mir – das wollen Sie nicht."

Maria war überwältigt.

Ein Kind!

Ein Sohn!

Ihr eigener Sohn – ohne Mann, ohne äußere Einwirkung.

Das Wort „Parthenogenese" schwirrte mir durch den Kopf.

Jungfernzeugung, das gibt's also doch!

Ich sah Maria an und musste grinsen.

„Na, wenn das nicht ein modernes Weihnachts-Wunder ist."

Maria lächelte.

Magdalena schüttelte immer noch fassungslos den Kopf.

Tja, Dorfleben. Immer für eine Überraschung gut.

HEILIGE SIEBEN

Es war ein wunderschöner Wintertag mit viel Sonne und meterhohem Schnee. Sieben Freunde hatten sich in den Bergen getroffen, um eine Schneewanderung von Hütte zu Hütte in den Alpen zu machen. Eine Woche war dafür geplant, und drei Tage davon hatten sie bereits hinter sich.

Der Hüttenwirt riet unseren Freunden, vorsichtig zu sein, da es Lawinenwarnungen gab. Am nächsten Tag, nach einem Abend mit viel Jagertee in der Hütte, lasen sie die Warnungen der Bergwacht und beschlossen, doch ins Tal zu gehen, um von dort aus in ungefährlichen Gegenden die Wanderung fortsetzen zu können.

Nach dem Frühstück ging es los. Es herrschte eine komische Stimmung, keine Tiere, kein Vogelgezwitscher, alles wirkte wie ausgestorben. Der Schnee war harsch und wässrig.
Tom ging vorneweg, und Hemo bildete das Schlusslicht. Frank erzählte wieder seine Gruselgeschichten mit sexistischem Ausklang.

Mike hatte sich Kopfhörer aufgesetzt und konzentrierte sich auf den Weg.

Benno sagte: "Leute, sollen wir nicht umkehren?

Mit Lawinen ist nicht zu spaßen." Pablo lachte: "Du Schisser! Mach, dass wir weiterkommen."

Plötzlich kam ein lautes Getöse, man hörte, wie Bäume umknickten und krachend zerbrachen.

"Eine Lawine!", schrie Thomas. "Lauft, Leute, lauft!"

Mit den Schneeschuhen war es sehr schwierig, aber jeder rannte um sein Leben. Die Gruppe hatte Riesenglück: Der Lawinenabgang war etwa 500 bis 1000 Meter hinter ihnen. "Wir müssen uns beeilen, bevor eine zweite Lawine abgeht."

Sie waren noch etwa auf 700 Höhenmetern, als sie den Wald verließen. Jetzt konnten sie sehen, was die Lawine hinterlassen hatte: eine Verwüstungsspur bis ins Tal.

Man konnte schon das verschneite Dorf im Tal sehen, als die Erde grollte, ein Donnern ertönte und der Boden bebte.

"Das war keine gewöhnliche Lawine", sagte Hemo.

"Da ist eine kleine Höhle", rief er.

Keiner widersprach, und alle rannten um ihr Leben. Gerade als sie die kleine Höhle erreichten, donnerte ein halber Hang mit Geröll, Steinen, Schnee und Eis über sie hinweg. Plötzlich war alles stockdunkel.

Alle sieben hatten sich gerettet – was heißt gerettet, sie waren nun in dieser Höhle eingeschlossen.
Sie sahen, dass es nicht nur Schnee, sondern auch viele Steine und sogar Felsen waren.

Pablo schaute auf sein Handy: kein Empfang. Auch die anderen hatten, trotz unterschiedlicher Provider, keinen Empfang. "Freunde, bitte schaltet eure Handys ein, wir brauchen sie als Beleuchtung und zur Erkundung der Höhle." Leider war die Höhle nicht sehr groß, etwa 20 Meter tief.

Zum Glück hatten sie Proviant und Schlafsäcke in ihren Rucksäcken. Thomas meinte: "Die Bergwacht wird bestimmt nach uns suchen. Wir sollten jetzt Energie sparen und versuchen, uns im Wechsel durchzugraben."
Max und Martin gingen als Erste ans Werk.

Beide waren Lehrer und nicht daran gewöhnt, mit den Händen zu graben. Nach kurzer Zeit gaben sie auf. Auch die anderen versuchten zu graben, aber das Geröll war locker und rutschte nach.

Sie machten sich Mut und beschlossen, erst einmal auszuruhen und später gemeinsam den Ausgang zu öffnen.

Inzwischen war die Bergwacht alarmiert und suchte nach den Vermissten. Der Hüttenwirt hatte es von oben gesehen und ahnte das Schlimmste.
Der Kommandant der Bergwacht kratzte sich am Kopf: "Es sind zwei Lawinen abgegangen.
Wo sollen wir suchen?"
Auch die Suchhunde waren heute überfordert.

In der Höhle kam Klaus eine Idee: "Einer soll ununterbrochen auf einen Stein klopfen."
Hemo sagte: "Es ist 21 Uhr, da ist bestimmt keiner. Lasst uns schlafen, das ist eine gute Idee, um auf uns aufmerksam zu machen."
Natürlich war es nicht so leicht zu schlafen, es war alles feucht und ungemütlich.

Tom hielt es nicht aus und fing an zu weinen: "Wir kommen hier nicht raus.
Der halbe Berg ist über uns abgegangen."

Er hatte recht. Die Bergwacht musste erst wissen, wo die Verschütteten sind, um Hilfe zu organisieren. Dann mussten sie schweres Gerät beschaffen, ob das hier oben möglich ist. Am nächsten Tag gingen sie ans Werk. Ein Handy leuchtete, einer klopfte im Takt: Tok, tok, toktok, ununterbrochen.

Je mehr sie gruben, desto mehr Schlamm und Geröll kamen auf sie zu. Also war Graben aussichtslos. "Sie werden uns suchen, es kann länger dauern", sagte Martin. "Ich habe beim Heilfasten fast drei Wochen ohne Essen ausgehalten. Wasser haben wir, dann warten wir ab und klopfen unser Zeichen nach außen."

Tom erzählte, dass japanische Mönche zum Sokushinbutsu durch strenge Diät und Meditation fast 2000 Tage im Leben geblieben sind.

„Diese sollten sie auf das Nirvana vorbereiten.

Zunächst reduzierten sie die Nahrungsaufnahme radikal und nahmen laut Überlieferung für 1000 Tage nur Samen und Nüsse zu sich und meditierten sehr viel. Natürlich wollten die Mönche sich mumifizieren, aber wenn wir es schaffen, so lange wie möglich am Leben zu bleiben, wird der Wanderweg bestimmt wieder geräumt, und wir werden entdeckt."

Zum Glück war genügend Wasser vorhanden.
Sie machten einen Kreis, in dem sie sich gegenseitig wärmten. Die Äußeren gingen nach innen und die von innen nach außen, immer nach Gefühl.

Irgendwann meldete die Bergwacht die sieben Wanderer als tot und die Suche wurde eingestellt.

Sie hatten fast 14 Tage nach ihnen gesucht. Auch die Hunde hatten nicht angeschlagen.
Das Gebiet war zu groß, um gezielt zu suchen.

In der Höhle hatten sie inzwischen keinen Proviant mehr, nur Wasser, das salzig und metallisch schmeckte.
Insgesamt hatten sie keine Hoffnung mehr.

Das letzte Handy hatte keinen Saft mehr und nach drei Wochen würde auch niemand mehr nach ihnen suchen, sagte Frank. Irgendwie waren alle inzwischen kraftlos.

Es kamen auch kannibalische Gedanken auf, aber wozu, wenn sie hier nicht herauskamen?

Inzwischen war der Frühling ins Land gezogen und die Sonne entwickelte ihre Kraft.

Die Sanierungsarbeiten am Wanderpfad wurden mit schwerem Gerät begonnen. Die Arbeiter wurden angewiesen, beim Aufräumen vorsichtig zu sein, da die Leichen der Vermissten sein könnten. Es war fast sechs Monate seit dem Lawinenabgang vergangen, und die Bagger bahnten sich langsam ihren Weg.

Der Wanderweg, der auch für die Versorgung der Berghütte wichtig war, wurde allmählich frei.

Inzwischen waren sie direkt vor der Höhle, und immer noch kamen Schlamm und Steine herunter. Einer der Arbeiter sah ein Loch und sagte: „Halt mal, ich gehe da kurz rein, muss mal."

„Ja, mach mal, ich muss sowieso eine Zigarette rauchen und vespern solange."

Plötzlich hörte er seinen Kollegen schreien: „Anton, komm runter, hier liegen Menschen!
Ich glaube, das sind die vermissten sieben Wanderer."

Die Bergwacht wurde benachrichtigt, ebenso das Rote Kreuz und alles, was für die Bergung notwendig war, wurde herangeholt.

Der Amtsarzt, der auch gerufen wurde, kletterte in die Höhle, um die Totenscheine auszustellen.
„Sie sind nicht tot", sagte er, „sie schlafen.
Es ist eine Art Trance.
Wie bei den tibetanischen oder japanischen Mönchen. Sechs Monate ohne Essen, nur in der Dunkelheit.
Das kann doch medizinisch nicht möglich sein."
Alle sieben waren abgemagert bis auf die Knochen, aber sie lebten noch.

Vielleicht hatten sie wie die Bären einen Winterschlaf gehalten.

Die Nachricht von den sieben Wanderern, die sechs Monate in einer Höhle geschlafen hatten, ging um die Welt.

Überall kamen Reporter, um darüber zu berichten. Natürlich wurde dieser Ort ein Wallfahrtsort für Gläubige, die ein göttliches Zeichen sahen.

Nach und nach erholten sich die Freunde. Die Familien, die ihre Liebsten schon verabschiedet hatten, konnten es kaum fassen. Sie waren über Nacht zu Heiligen geworden.

Tausende Christen, Muslime und Juden pilgerten zu dieser Höhle. Christen wollten eine Kapelle bauen, Muslime eine Moschee und die Juden eine kleine Synagoge errichten.

Leider hatten die Einwohner des Dorfes durch diese Bekanntheit große Probleme und wollten einfach ihre Ruhe.

Sie sahen noch die Gefahr eines Erdrutsches und verboten den Bau. Noch so ein Erdrutsch auf dieser Stelle, und es wären tausende Tote zu beklagen.

Aber an das Wunder glaubten sie schon.

ABADDON, DER GEHÖRNTE

Seit Anbeginn der Zeit war er der Flüsterer im Dunkeln, die unsichtbare Hand, die Menschen in den Abgrund stieß. Er war der Sturm hinter jedem Krieg, das Gift in jeder Lüge, die Kälte in den Herzen der Mächtigen.

Er hatte Könige dazu gebracht, ihre eigenen Kinder zu opfern. Er hatte Diktatoren mit dem süßen Geschmack der Macht gefüttert, bis sie an ihrer Gier erstickten. Er hatte Heilige auf den Scheiterhaufen getrieben und Dämonen in Kirchen versteckt.

Er war der unsichtbare Drahtzieher hinter Kriegen, Völkermorden, Verrat und Wahnsinn. Die größten Tyrannen der Geschichte nannten ihn Freund, ließen sich von ihm beraten, hörten sein geflüstertes *„Tu es!"* in dunklen Stunden.

Er war dabei, als Kain Abel erschlug. Er legte Nero die Fiedel in die Hand, während Rom brannte. Er ließ die Guillotine der Revolution niemals stillstehen und inspirierte den Atem der Gaskammern.

Er war die Stimme in den Köpfen der Mörder, die Versuchung in den Herzen der Korrupten, der Schatten hinter den falschen Propheten. Er flüsterte jenen zu, die sich für Götter hielten.

Er war das Wispern in den Albträumen der Menschheit. Der Schatten hinter den größten Schrecken.

Er war Satan, *El Diavolo*, den alle fürchteten.
Er war Luzifer, der gefallene Morgenstern.
Er war Belial, der Herr der Lügen.
Er war Scheytan, der Verfluchte.
Er war Iblis, der Verdammte.
Er war Hades, der unsichtbare Herrscher der Toten.
Er war Mephisto, der Versucher.
Er flüsterte in die Ohren derer, die glaubten, unantastbar zu sein.

Er war der Architekt des Bösen.

Doch dann erkannte er die Wahrheit.

Er war überflüssig geworden.
Die Menschen brauchten ihn nicht mehr.

Sie zerstörten sich selbst mit einer Perfektion, die er sich nie hätte träumen lassen.

Kriege begannen nicht mehr aus Gier oder Hass, sondern aus Langeweile.

Morde geschahen aus Vergnügen.

Kindersoldaten lernten das Töten, bevor sie das Leben begriffen.

Das Internet spuckte Hass schneller aus, als er ihn flüstern konnte.

Die Welt brauchte ihn nicht mehr.
Die Menschen taten das Böse von selbst, ohne seine Einmischung.
Es war nicht einmal mehr ein Kampf, kein Spiel der Verführung.
Die Menschheit zerstörte sich mit einer Effizienz, die selbst ihn übertraf.

Ich bin müde. Es hat keinen Sinn mehr.

Internet, Darknet, digitale Spinnennetze, gesponnen von Menschen für Menschen.

Sie geben alles preis, ohne zu überlegen, dass sie ihre Seelen verkaufen.

Nein, nicht einmal verkaufen.

Sie verschenken sie.

Für ein bisschen Anerkennung.

Für ein paar digitale Krümel.

Was bleibt dann noch?

Der Teufel ist verzweifelt und steigt zum Himmel empor.

Die Engel sind entsetzt.

Michael zückt sein Flammenschwert.

Doch Gott – ewig gelassen, vielleicht amüsiert – erhebt die Hand und lässt ihn eintreten.

„Ich will gerettet werden", sagt Satan.

Ein Raunen geht durch die Ewigkeit. Die Sterne flackern.

Die Engel, von denen viele noch immer Narben aus dem großen Krieg tragen, ballen die Fäuste.

Doch Gott lächelt nur.

„Gut", sagt Gott.

„Dann beweise, dass du gut sein kannst."

Satan kehrt zur Erde zurück, auf der Suche nach einer einzigen guten Tat.

Doch niemand nimmt seine Hilfe an.
Die Tyrannen lachen ihn aus.
Die Mörder übertrumpfen seine schlimmsten Visionen.
Die Betrüger lehren ihn, wie man noch skrupelloser wird.
Schließlich trifft er auf einen alten Mann, der von einer Brücke springen will.

Satan hält ihn zurück, spricht mit ihm, schenkt ihm Hoffnung.
Triumphierend kehrt er zu Gott zurück.
Doch Gott schüttelt den Kopf.

„Du hast nichts verändert."

Satan schaut zurück auf die Erde – und sieht die Wahrheit.

Der Mann, den er gerettet hatte, war kein verlorenes Lamm gewesen.
Er war ein Monster.

Ein Mörder, ein Vergewaltiger, ein Folterknecht in den syrischen Gefängnissen.

Durch seine Rettung hatte Satan das Böse verlängert.

Die Menschen brauchen keinen Teufel mehr. Sie sind besser darin, sich selbst zu verdammen, als er es je war.

Er lacht bitter. „Dann bin ich frei."

Doch Gott lächelt. „Nein. Jetzt wirst du es verstehen."

Mit einem letzten Blitz aus Licht stürzt Satan hinab – doch nicht in die Hölle.

Er erwacht auf der Erde.

Sein Körper schmerzt.
Kälte kriecht durch seine Knochen.
Er fühlt Hunger, Angst, Schmerz – Emotionen, die ihm einst fremd waren.
Seine Hände zittern.

Er ist nicht mehr Satan.
Er ist ein Mensch geworden.

Ein mittelloser Mann, gestrandet in einer Welt, die kein Mitleid kennt.

Kaum auf der Erde angekommen, saß er auf einem Baumstamm und beobachtete die spielenden Kinder.

Daneben stand ein blindes Kind, das den Kopf hin und her bewegte, als würde es den Geräuschen lauschen.

Satan seufzte. „Okay, Herr, ich war vielleicht boshaft, aber was kann dieses Kind dafür? Gib ihm doch sein Augenlicht – und nimm dafür meins.

Das soll meine gute Tat sein."

Plötzlich schrie das blinde Kind auf. „Ich kann sehen! Ich kann sehen!"

Die anderen Kinder eilten herbei, um sich mit ihm zu freuen.

Satan hörte ihr Jubeln und spürte einen Hauch von Hoffnung.

Vielleicht hatte er doch noch eine gute Tat vollbracht.

Er lauschte dem fröhlichen Spiel, als plötzlich ein Ball auf seinem Schoß landete.

Dann hörte er die Stimme des ehemals blinden Kindes:

„Gib den Ball her, du Penner!"

Ein harter Tritt gegen sein Knie riss ihn zu Boden.

Satan starrte zum Himmel.

„Du hast recht, o Herr.

Die Menschen brauchen keinen Abaddon.

Sie sind schlimmer."

Er bettelt – doch niemand hilft ihm.

Er schreit – doch niemand hört ihn.

Dann kommen sie.

Die wahren Dämonen.

Die Menschen.

Sie treten auf ihn ein, lachen über seine Schwäche, rauben ihm das Wenige, das er hat.

Er blutet. Er windet sich.

Er stirbt.

Und als das Leben aus ihm entweicht, blickt er zum Himmel.

Gott schaut nicht zurück.

Denn Satan gibt's nichts mehr.

Nur ein weiterer verlorener Mensch in einer Hölle, die er selbst geschaffen hatte.

ENDE

ÜBER DEN AUTOR

Yusuf M. Çavak ist nicht nur ein leidenschaftlicher Schriftsteller aus dem Kaiserstuhl, sondern auch seit Jahren als Musiker und Komponist tätig.

Siehe: **www.cavak.com**

Er bezeichnet sich selbst als Freigeist und weltoffenen Bürger.

Schon in seiner Kindheit und Jugend in Frankfurt entwickelte Yusuf eine tiefe Faszination für das geschriebene Wort – sei es in Form von Geschichten oder Songtexten.

Nach einer Stimmband-OP rückte das Schreiben immer stärker in den Mittelpunkt seines Schaffens.

Nun, im Rentenalter, hat er endlich die Zeit und Muße gefunden, seine Buchideen zu verwirklichen.

Mit *„Wilde Geschichten"* nimmt er die Leser mit auf eine Reise durch unerwartete, tiefgründige und manchmal schockierende Erzählungen.

Er greift Themen auf, die bewegen, provozieren und zum Nachdenken anregen.

In seiner Freizeit genießt Yusuf das Leben mit seinen sieben Kindern und vielen Enkeln.

Inspiration findet er in den kleinen Dingen des Alltags – und in der unbändigen Kraft der Vorstellung.

Dieses Buch richtet sich an alle, die bereit sind, in ungewöhnliche und fesselnde Geschichten einzutauchen.

Weitere Bücher des Autors:

NEXUS PLUTO
Das Tor in die Unendlichkeit
Science Fiction & Fantasy
Paperback
302 Seiten
ISBN- 9783769322118

Das kleine Buch über das Glück
Paperback
50 Seiten
ISBN- 9783769317558

Social Media:

https://www.facebook.com/yusuf.cavak.5/

https://www.instagram.com/yusuf.cavak/#

https://www.tiktok.com/@yusufcavak50

https://www.youtube.com/@MrYMC